無盡的書事

———— 許定銘 著

目錄 CONTENTS

輯 之 三

我和書的因緣

　　雖然讀小學的時候我已和課外書結緣，讀了不少著名的兒童文學作品，但，真正戀上文學，和書結緣一生，卻始自一九六〇年代初：那時候香港被稱為「文化沙漠」，讀書風氣很淡，但還是有些人在努力推動文學，比較受人重視的，有《中國學生周報》、《青年樂園》和《星島日報》的學生園地。前兩種是「週報」，一星期才出一次，隔得太疏，影響力受限制，但後者卻是每星期出現三四次，每次約佔半版，讓中、大學生及文藝青年有機會抒發內心的抑鬱和苦悶。在這個學生園地學習創作的年輕學生，後來還自發性組織了文社，互相學習、研討、鼓勵，甚至出版刊物，掀起過不小的浪潮，影響深遠！

　　我就是那時代涉足文壇的，幾個年輕的小伙子，組織了「藍馬現代文學社」，妄想叩現代詩與現代文學的大門。那時候，我們讀的是《創世紀》、《現代文學》、《好望角》、《文藝》……寫的是風格獨特，形式創新的現代詩和散文，買的、藏的，自然都是這類書。當年的現代風以台灣為主流，想買前衛文學的書，就只有旺角的友聯書店。後來王敬羲在尖沙咀開了間「文藝書屋」，從台灣訂來大批現代文學書籍，甚至重印了不少《文星叢刊》，對熱中現代文學的發燒友幫助甚大。事隔四十年，我書房

裏還藏有大業版司馬中原的《靈語》（1964）、朱西寧的《狼》（1963）、張默編的《六十年代詩選》，不同開度的《創世紀》……都是從這個途徑購入的。

那年代全港就只有一間開在中環的大會堂圖書館，我住在深水埗蘇屋邨，如果要去大會堂看書，得要搭車去尖沙咀，轉乘天星小輪過海，途程超過一小時，十分不便。幸好鄰近的李鄭屋村有一所甚少人知道的社區中心圖書館，雖然只有兩個課室般大小，裏面的藏書也不多，可能只有幾百冊，但對於一個沒錢買書，要靠寫稿來賺取零用的中學生來說，已足夠有餘了。我每天晚上都抽出兩小時在這兒讀書及寫作，我讀了齊桓的《八排傜之戀》、黃思騁的《落月湖》、徐速的《星星月亮太陽》、趙滋蕃的《半下流社會》……自那時候起，我知道書和我結了不解緣，永遠不能分開了！

當年我不喜歡讀中國三十年代作家的作品，是覺得他們太傳統、太老套，某次好友古蒼梧介紹我看施蟄存，我到坊間找了本《善女人行品》，一翻之下不能釋手。後來又讀了無名氏、沈從文、端木蕻良，才知道現代文學不是六十年代的台灣專利品，三十年代的中國早已有能手了，這才引起我讀三十年代文學作品的興趣。

我搜集中國現代文學舊書起步甚遲，大概是文化大革命進行得如火如荼的歲月，當時國內甚少新書出版，愛書人全向舊書埋手，絕版舊書價不停往上爬，一般稍為難見的，總要賣到三、五十，比較珍貴的，如鷗外鷗的《鷗

外詩集》和杭約赫的《復活的土地》，我都各花了一百塊買入。如今一百塊當然不算甚麼，但在當年我供樓也不過四百塊的一九七〇年代初，一百塊買一本書，可說是很貴、很貴的了。

書愈買愈多，當正常的家庭也無法存放的時候，我只好效法前輩們開書店，把看過的書賣出去，實行「以書養書」。豈料正當我的絕版舊書愈買愈貴、愈存愈多的時候，忽地文化大革命結束了，被批鬥的文人大翻身，那些絕版多年的新文學創作全部復活了。新版的文學書排山倒海的運來，數量多且廉宜，一般文學書才賣三幾塊，對愛書人來說，那真是天大的喜訊。但對我來說，卻是晴天霹靂，我那些高價收來的絕版書，一夜之間貶值百倍，無人問津，最後只好賤價賣給幾個收集「原版書」的發燒友，發誓不再買絕版舊書了。

想不到原來「愛書」是一種極嚴重的「毒癮」，公元二千年我從海外回流，賦閒在家讀書寫稿，不知不覺間又買書了。稿寫得多，書買得更多，每次逛書店，總忍不了手，新的、舊的全收，家裏擠得滿滿的，書房是書、睡房是書、客廳是書⋯⋯老妻終於下了最後通牒，下令「遷書」，最後只好弄了一層商業樓宇存書，看來不久的將來，我又要開書店了！

——二〇〇七年三月

司馬中原的《荒原》

司馬中原的《靈語》 ｜ 朱西寧早期的短篇
　　　　　　　　　《狼》

輯 之 一

「原汁原味」的《書影》

年來國內出了不少書話，如劉新《書香舊影》（湖南美術，2003 年 8 月）、張偉《塵封的珍書異刊》（百花文藝，2004 年 1 月）、張澤賢《民國書影過眼錄》（上海遠東，2004 年 1 月）、謝其章《舊書收藏》（遼寧畫報，2004 年 1 月）……都是頗具水準而又重視圖像的作品，此中特別值得一提的，是遠東出版社的《書影》。

《書影》（上海遠東出版社，2003 年 9 月）由姚志敏、王忠明、張振華和卞強生等四人合著，大三十二開本，分上下冊，共三百一十二頁，全書用重磅粉紙彩色精印，是同類書中最講究的。

他們在〈前言〉中說：中國新文學時期（1919~1949）的作品近年很受學術界和收藏界的重視，但這些書籍以前大多只印一二千本，如今已難得一見，因此：

> 機緣巧合加上眼勤手勤，我們幾個尚未登堂入室卻是百般痴迷的後學末進合力做成了這樣一部由三百餘種實物照片和資料文字相結合，名為《書影》的書。讀者們或許能從這些老舊的紙堆裏聞到浪漫主義的種子在中國文學的土壤上第一次生根發芽時所散發出的氣息。同時，也應該可以看到「白話文」這一座文學史

上極為醒目的里程碑。（見〈前言〉）

他們的確做到這點！

我最高興的是他們提供了不少甚少人提及的作家和他們的書影，如關永吉的《風網船》、龔冰廬的《炭礦夫》、嚴仲達的《萬人塚的憑吊》、葛又華的《瘋少年》、汪錫鵬的《前奔》、王行巖的《突圍》……。

當然並不止此，隨手寫來已令人驚嘆其資料之豐富。我搜集民國版文學作品，特別注重冷門作家，除了當年印數一定不多外，還因為他們不叫座，缺乏市場而沒有人肯重印，當更為罕見、珍貴。其次，一些名家極其罕見的作品，如趙景深的《梔子花球》、洪靈菲的《轉變》、孟超的《候》、葉靈鳳《紅的天使》、衣萍的《友情》、王獨清的《如此》等，都是難得一見的珍品。

此書頁頁彩色，每頁介紹一本書，三百一十二頁即呈現了三百一十二種書「原汁原味」的封面，看慣一般黑白兩色的書，得見此彩色巨著，真可謂嘆為觀止！每張書影上還附有相關資料，看圖以外還可讀文，滿足了愛書人之「慾」。其實這些書影根本就是一件藝術品，竊以為應印成二十開度，再加穿線精裝，肯定更受歡迎！

對《書影》的內容非常滿意，迅即一口氣讀完，略感美中不足的，是本書編排欠系統，全書三百多個書影，既沒依出版年份排列，也沒將同作者或同性質的書安排在一起，只隨意的編排，又欠缺目錄，查閱時甚感不便。另一感到

遺憾的，有些短篇小說集沒有說明收入哪些作品，介紹書的文章略嫌簡單，冷僻的作者完全沒有介紹，且又不說出書的頁數，不知厚薄，令求知慾甚強的愛書人略感失望。

文內介紹到名家用另一個筆名出書時，往往會用括號加以註釋，如：廢名（馮文炳）、葉紹鈞（葉聖陶）、田壽昌（田漢）……等，這對新文學認識不深的讀者是件好事，但我感到奇怪的是：本書選刊了蔣光赤的《鴨綠江上》、《短褲黨》和蔣光慈的《失業以後》、《菊芬》等書，何以不用括號解釋那是同一個人？這是更容易混淆的，讀者很可能會以為是兄弟倆哩！

對學術性的書籍，我很重視校對，尤其像《書影》這樣重要的資料，因大部分讀者都不會有原書，全依靠你作引路人，更絕對不能出錯。請你看看國內書甚少的一些「手民之誤」：

◆ 出版艾蕪《烟霧》（頁 3）和蕭紅《呼蘭河傳》（頁 11）的，都是「寰星書店」，但兩處都誤為「辰星書店」。

◆ 達夫全集的《雞肋集》（頁 33）內文說「這一種是 1928 年的再版毛邊本」，可封面上卻清清楚楚的印着「1930」。

◆ 蔡為珍的偵探小說《殲讎記》（頁 143），封面上這三個字，每個比大拇指都要大，內文卻變了《殲匪記》。

◆ 端木蕻良在中國現代文學史上負盛名，是最出色的東

北作家，他的名著《大江》（頁295）卻變了端木著，漏了「蕻良」。

◆ 蔣牧良的《旱》（頁296）應為四十二開本，而非所說的四十四開本。

此外，書內還有些圖文錯配的情形，如《八月的鄉村》（頁168），文內這樣介紹：

> 蕭軍著，奴隸社1935年出版，是「奴隸叢書」的第2種。

但給我們看的，卻是一九四六年的上海作家書屋版，而非上海容光書局的初版本。

同樣的情形也出現在老舍《小坡的生日》裏（頁270），他們介紹的是重慶作家一九四四年版，但書影卻是一九三四年的上海生活書店版。

這些錯配雖欠完美，但都是小缺失，然而，蕭紅的《呼蘭河傳》卻出現了較嚴重的錯失。請看他們怎樣介紹此書：

> 《呼蘭河傳》，蕭紅的長篇代表作，1929年由芳草書店出版。這種是辰星書店的再版本。（頁11）

這是絕對不能犯的錯！

蕭紅一九三二年始涉足文壇，向報刊投稿，成名作《生死場》一九三五年由上海容光書局出版。至於《呼蘭河傳》，一九四〇年十二月才於香港完稿，一九四一年五月，由上海雜誌公司初版；一九四七年六月，上海寰星書店再版，即本書所提供的書影。何來一九二九年的芳草書店版？那一年蕭紅不過是個從未寫過小說的十八歲少女而已！

　　《書影》內還介紹了一本很有趣的《第一流》（頁250），說：

　　　　茅盾等著，路汀編，地球出版社1941年出版，是「文青叢書」的第1種。收茅盾、巴金、老舍、郭沫若、蕭乾、許欽文、巴人、蕭軍、等十八人的短篇小說。

　　這段話也有問題。且先看看未列出來的作家：麗尼、舒群、李健吾、于伶、章泯、靳以、羅烽、王西彥、荒媒、李輝英和端木蕻良。大家一看名單，就知道這裏有些是劇作家，此中李健吾《母親的夢》、于伶的《酸棗》和章泯的《夜》都是劇本，當然不能寫成「十八人的短篇小說」。

　　我說他們那本《第一流》有趣，那是因書影和介紹文章內容不同。請看附圖封面右下列出了十六位「執筆者」，居然只有王任叔（用筆名「巴人」）一人真正有作品收在本書內，其餘十五人：林語堂、郁達夫、胡適、張天翼、葉聖陶、蘆焚、鄭伯奇、歐陽山、蹇先艾、羅洪、荃麟、

李廣田、許傑和凌叔華全不是本書的作者。出現如此粗製濫造的封面，只有一個可能：他們手上的，是本翻印書！

我手上的《第一流》，版權頁上註明中華民國三十年（1941）二月初版，封面和他們的略有不同：「第一流」那三個字移到書中央，下面只列出十二個執筆者，全與內文的相同，證明錯不了。

其實我還有一本《第一流續編》（地球出版社，1941年4月初版），梅衣編輯，是「文青叢刊」第二集，收十八篇作品，厚二百二十六頁，洪深、何家槐等十八個作者全列於封面，也是本小說與劇本的合集。書後還有推介《第一流》的廣告，為使大家更深入了解，且作次「文抄公」，錄如下：

> 在我們中國的新文壇上凡屬第一流作家的作品，畢竟因為文筆生動流利，技巧豐富，意識正確，故能夠抓住每個讀者的注意。
>
> 我們這冊《第一流》的刊行，正是集我們全個文壇第一流作家的作品於一堂，其中執筆所寫的，有創作、散文、小品、報告、隨筆、劇本，每一篇都是屬於他們滿意的結晶作品，手持一冊，可以閱讀數十作家的文章，這該說是讀者們心目中最熱望着的一本文藝集子，同時也是我們獻給讀者的一份最優美的禮物！

若細心分析，《第一流》裏當然不單是小說和劇本，

編一本多種文體的文集，才是編者最終的目的。

我指出這些不小心，絕非吹毛求疵，而是希望編者在再版時能參考修正。無論如何，《書影》仍是我近期所得的至愛，值得向大家推介。

——二〇〇四年三月十九日

《書影》封面　│　《書影》所載的《第一流》是翻版書

正版《第一流》

《大後方的小故事》底故事

　　抗戰前後出過很多小説選集，有些是非常認真的，如趙家璧主編的《二十人所選短篇佳作集》（上海良友，1936），有些則是胡亂湊集，連編者都不署名，更談不到甚麼編選目的了。

　　大家見到的這本《大後方的小故事》，是本三十二開一〇六頁的短篇小説集，收端木蕻良的〈火腿〉、〈找房子〉、〈生活指數表〉、蕭紅的〈逃難〉、〈朦朧的期待〉、老舍的〈一封家信〉、台靜農的〈電報〉、陳白塵的〈紫波女士〉和舒群的〈夜景〉等九篇。

　　此書的版權頁註明是文摘出版社的《文摘文藝選集》，「1943 年 4 月 3 版，1945 年 12 月上海重排初版」，但沒有初版的年份，也沒有註明是由誰所編的。書的封底排了個《文摘小叢刊》的書目，順序是《人與疾病的戰爭》、《五分鐘名人傳》、《交友戀愛結婚》、《心理作用談叢》、《美國四大將星》、《大後方的小故事》，除了最後一種，全部都是翻譯書。不禁使人感到詫異：何以他們會單單印一種文學作品呢？

　　我喜歡端木蕻良和蕭紅的小説，對本書有偏愛，曾翻過徐瑞岳·徐榮街的《中國現代文學辭典》（中國礦業大學，1988）、賈植芳·俞元桂的《中國現代文學總書目》

（福建教育，1993）和陸耀東等的《中國現代文學大辭典》
（高等教育，1998），都找不到《大後方的小故事》的條
目，可見此書十分罕見。

執筆寫本文時，再仔細翻一遍，發現賈植芳·俞元桂
的《中國現代文學總書目》中，有非常接近的《大時代的
小故事》，翻開一看，這欄印着：

《大時代的小故事》，老舍等著。文摘文藝叢書。重
慶復旦大學文摘出版社1940年3月初版。短篇小說集。

核對目次，發現此書包含了《大後方的小故事》的九
篇，另加靳以的〈被煎熬的心〉、台靜農的〈大時代的小
故事〉和荊有麟的〈在煉鐵廠〉等三篇。

很明顯，《大後方的小故事》是據《大時代的小故事》
刪去部分而重印的。胡亂湊集的「差勁」選集又一證明。

——二○○五年

《大後方的小故事》底故事

《名家近作集》

上世紀三十、四十年代流行出版合集，較著名的有趙家璧主編的《二十人所選短篇佳作集》（上海良友，1936），誼社編的《第一年》（上海未名書屋，1938）、《第一年代續編》（香港美商未名書屋，1939），和較後出版路汀編輯的《第一流》（地球出版社，1941 年）和梅衣的《第一流續編》（地球出版社，1941）等。

這些合集有的是小說選，有的則是各類文體的佳作選，如今大家見到的《名家近作集》（上海金城書局，1937 年2 月）屬於後者。32 開本 476 頁共分〈小說〉、〈散文・隨筆〉、〈短論・雜感〉、〈詩歌〉、〈戲劇〉和〈報告文學〉六部分。我翻查手邊幾部具份量的工具書，僅賈植芳・俞元桂的《中國現代文學總書目》（福建教育，1993）收本條，奇怪的是他介紹此書時，說是「小說散文集」，但卻只列小說題號而缺其他，與他們的習慣不符，不禁令人產生疑問：他們的書是否缺頁呢？

此書既不常見，且將篇目列出：

小說收丁玲的〈團聚〉、巴金的〈窗下〉、茅盾的〈送考〉、郭沫若的〈賓陽門外〉、張天翼的〈失題的故事〉、舒群的〈誓言〉、羅烽的〈第七個坑〉和蕭紅的〈牛車上〉等八篇。

散文‧隨筆收魯迅的〈半夏小集〉、郭沫若的〈西班牙的風情〉、巴金的〈我的幼年〉、聖陶的〈時勢教育着我們〉、老舍的〈婆婆話〉、蕭軍的〈水靈山島〉、舒群的〈九月的夜記〉和白朗的〈探望〉等八篇。

短論‧雜感收郭沫若的〈青年們，把文學領導起來〉、茅盾的〈技巧問題偶感〉、唐弢的〈私議二章〉和周木齋的〈醜學〉等四篇。

詩歌收郭沫若的〈們〉、舒群的〈在故鄉〉、李雷的〈遊子吟〉、羅烽的〈五年祭〉、幸之的〈國慶日的悲劇〉、洪遒的〈水呵你流向那一方〉、臧克家的〈溫柔的逆旅〉和柳倩的〈新墓〉等八首。

戲劇則僅收洪深‧章泯等合作的三幕劇〈我們的故鄉〉。

報告文學收宋之的的〈一九三六年春在太原〉、聖旦的〈岱山的漁鹽民〉和華沙的〈生手〉等。

收藏選集，我不重視名家的作品，因他們的作品往往可以在專集中找到，但名氣不大的作者，或者根本未出過單行本的作者的東西，就非常珍貴，如聖旦的、洪遒的、李雷的，一定不容易找到。即使後來成了名的小說家舒群、羅烽，他們的「詩」也不容易找哩！

——二〇〇四年七月

《名家近作集》書影

司馬文森的《文藝生活》選集

司馬文森（1916~1968）四十年代後期到香港主編《文藝生活》月刊，期間還編過一套《新中國兒童文庫》和《文藝生活選集》。我比較重視的是後者，這套選集第一輯有以下六種：

> 王時穎等的《獨幕劇選》
> 司馬文森等的《秧歌劇與花燈戲》
> 金丁等的《作家印象記》
> 郭沫若等的《創作經驗》
> 荃麟等的《文藝學習講話》
> 海兵等的《報告文學選》

全部都是集體創作。我手邊有金丁等的《作家印象記》和郭沫若等的《創作經驗》，兩書的前邊，都刊有司馬文森的〈《文藝生活》選集序〉，對抗戰期間創刊於桂林，其後輾轉出版於桂林、廣州、香港三地的《文藝生活》月刊底歷史，有詳盡的介紹。並說：

> 因為三年來所出的幾十期雜誌，流傳到國內讀者間的很少，我們才有編印選集的意思。一則是，想把三

年多工作作個小小結束，再則是，在海外出版期間，有些文章，我們認為對大家在文藝學習和文藝宣傳工作上，有些小幫助，而在國內的讀者卻又無法讀到，因而我們才決心把它重印一次。

《作家印象記》（香港智源，1949 年 11 月）為三十二開本九十八頁，內收：金丁的〈郁達夫的最後〉、靜聞的〈悼朱佩弦先生〉、洪遒的〈略記在明月社時代的聶耳〉、孟超的〈記田漢〉、白沉的〈記夏衍〉、蔣牧良的〈記張天翼〉、黎舫的〈記蔡楚生〉、黃永玉的〈記楊逵〉、紀叟的〈趙樹理怎樣成功一個人民作家〉和林如稷譯的〈左拉青年時代的生活〉等十篇。其中比較特別的是黃永玉那篇，楊逵是台灣的鄉土作家，四十年代談他的文章極少呢！

《作家印象記》（香港智源，1949 年 11 月）也是三十二開，僅四十五頁，收：郭沫若的〈我怎樣開始了文藝生活〉、顧仲彝的〈我怎樣開始了戲劇生活〉、葛琴的〈我怎樣寫起小說來的〉、趙樹理的〈也算經驗〉、孔厥的〈下鄉和創作〉、陳殘雲的〈《風砂的域》的自我檢討〉和臧克家的〈關於《泥土的歌》的自白〉等七篇。

——二〇〇四年九月

《文藝生活選集》三種

教育的《花與果》

王介平的《花與果》（上海中華書局，1947）是從舊書網站上拍得的，買的時候完全不知道王介平是甚麼人，吸引我的是為他寫序的李劼人。

李劼人（1891~1962）原名李家祥，四川華陽人，一九一一年畢業於四川高等學堂附屬中學，與郭沫若、周太玄等同學，曾加入少年中國學會，後勤工儉學到法國，入蒙柏烈大學修讀文學。一九二四年回國後，畢生從事教育、編輯、翻譯與寫作，擅寫大河小說，有短篇小說集《好人家》，長篇《同情》、《死水微瀾》、《暴風雨前》、《大波》和《天魔舞》等。

李劼人曾任《四川群報》主筆，寫過不少雜文，好像從未結集，此所以當我見到《花與果》有李劼人寫的代序〈追念劉士志先生〉，很想看看，又想到李劼人是不輕易替人寫序的，《花與果》水平應該不錯吧，便決定買來讀讀。

劉士志是李劼人在光緒三十四年時，就讀的四川高等學堂附屬中學的監督（校長）。他是晚清四川綏定府達縣的舉人，學識廣博，有教育熱忱，任校長事事親力親為，愛護學生，常把學生的成功掛在口邊，當學生做錯了事，老師們都認為要嚴懲時，劉校長總會給予機會，讓他們改過；但當大事來臨，他又肯挺身而出，為教育界與警察廳的衝

突力爭，把原本是「四川高等學堂」的附屬中學堂，爭取易名為行政獨立的「四川高等學堂分設中學」……李劼人說：劉士志監督是他四十多年來所見，最值得尊敬的校長。

當年十七歲，還叫李家祥的李劼人，是個熱愛自由的「憤怒少年」，與人發生爭執，被趕出華陽中學，轉考四川高等學堂附屬中學，得劉士志監督親自面試。雖視他為「浮囂、油滑的城市子弟」，還是給予機會入學，才能得春風化雨，深受劉先生身教，終成為一代小說大家！

《花與果》的作者王介平是李劼人的學生，他一九四三年到四川一所學習風氣欠佳的女子中學教書，發現學生們相當散漫，無心向學。倔強的王介平決意要改善她們，他在學校的一角，豎起了一塊黑板，用粉筆在上面寫一些與學習生活有關的文章，好奇心驅使學生們課餘讀讀，於是，老師寫，學生讀，慢慢的就變成了習慣，甚至有學生做了筆記，抄了單張派給同學及校外的友人閱讀，培養了良好的學習風氣，大大地改善了學生的質素……，這些文章傳到陳衡哲手裏，她覺得這件事很有意義，便鼓勵王介平把它們印出來。

王介平利用假期整理出四萬多字，共四十多篇文章，都是與青年自學和修養有關的，還請他的老師李劼人作序印行了。在內容方面，《花與果》對我這個已過花甲的老頭來說，是有點過時了。我買的時候本來就僅打算只讀序言的，沒想到劉士志、李劼人、王介平三代師生對教育的熱忱深深地打動了我，使我這個在香港從事教育工作四十

多年的老人，肅然起敬！

　　李劼人的〈追念劉士志先生〉超過萬五字，作為四萬多字《花與果》的長序，佔了全書的四分之一，李劼人說像「一頂蒙頭蓋臉的大草帽」，遮蓋了原貌。不過，他們正好一朵是「花」，一枚是「果」，互相輝映，我們不妨作為書的兩部分看。該文雖然是劉先生從事教育生涯的一段紀錄，卻反映了晚清時期四川教育界黑暗的事實，實在是一份極重要的教育史材料。

　　　　　　　　　　　　　　——二〇〇九年十一月

教育的《花與果》　　　《花與果》版權頁

國內的民間讀書報

　　國內的讀書風氣甚盛，出版的讀書報刊不少，較為港人熟悉且受歡迎的雜誌，是已出版三百多期的老牌《讀書》月刊（北京三聯），和較年輕，亦已出了六卷的《萬象》（遼寧教育）；而讀書報，則是由文匯新民聯合報業集團出版，已出了九百多期，歷史悠久的《文匯讀書周報》（上海）和《光明日報》報業集團聯合中國出版工作者協會合辦，出版了五百多期的《中華讀書報》。這些報刊，都是由公家機構所辦的，國內的文化人稱之為「官方報刊」。其實，國內還有不少「民辦」的報刊，不受公家資助，「行動」較為自由；不過，這些民辦報刊流傳不廣，在國外及本港較少人知。

　　這些報刊有二、三十種，如：《開卷》（南京）、《書友》（湖北十堰）、《清泉》（呼和浩特）、《芳草地》（北京）、《毛邊書訊》（成都）、《三聯貴陽聯誼通訊》（貴陽）、《古舊藏書交流》（石家莊）、《博古》（上海）、《書人》（長沙）、《日記報》（濟南）……，差不多全是免費贈送的，只要你聯絡上，並付上郵費即可。

　　由南京鳳凰讀書俱樂部主辦，董寧文主編的《開卷》月刊，創刊於二〇〇〇年，每年一卷，至今已出至第六卷，騎馬釘的三十二開本，一直保持二十八頁，封面「開卷」

二字乃集魯迅手跡而成，多年來仍堅持以「讀書好、好讀書、讀好書」為宗旨，是同類刊物中水平較高的。創刊號未見，手上最早的一期是第一卷第三期（2000年6月），是期有黃裳的〈《南京情調》序〉、陳子善的〈文化史的新呈示〉、徐雁平的〈歷歷春風侍坐時〉、王稼句的〈毛邊書談瑣〉……都是著名的書話家，寫的都是和書、人有關的精品。此外我還在《開卷》上讀過姜德明、文潔若、龔明德、范用……等名家的文章，水平直迫《讀書》、《萬象》。

我最愛讀的是每期都有的子聰（董寧文）的專欄——「開有益齋閑話」，此欄每期約七頁，子聰以日記形式寫札記，有與文化人的通訊、聚會、讀書筆記、出版消息、愛書人的介紹……是了解該月愛書壇的最佳報道。

《開卷》在二〇〇三年還出過一輯《開卷文叢》，有：子聰的《開卷閑話》、王辛笛的《夢餘隨筆》、朱正的《門外詩話》、朱健的《碎紅偶拾》、吳茂華的《明窗亮話》、范用的《泥土‧腳印》、流沙河的《書魚知小》、綠原的《再談幽默》、鍾叔河的《偶然集》和舒蕪的《碧空樓書簡》。稍為有留意國內文壇的人，都知道他們是當代較有份量的書話家，這些書內的文章，不少是發表在《開卷》的，可見《開卷》在民間讀書界是地位超然的。

《清泉》，是由內蒙古澤則書友會主編的，報頭《清泉》二字，出自老詩人流沙河手筆。它比較年輕，是二〇〇三年三月十六日創刊的半月刊，報紙度，每期出紙

一張，共四版。書友會會長姚志銳在〈發刊詞〉中表示：《清泉》是以評書和薦書為目的，希望能把《清泉》編得圖文並茂，並透過它廣交天下文友。

創刊號的《清泉》，有介紹內蒙古出版界的文章，有《有一道風景叫谷林》（出版後，書名改為《答客問》）的序文和書評，有龔明德的史海鈎沉和徐魯寫給徐遲的作家書簡⋯⋯內容頗為充實。

這份刊物沒有甚麼大財團背後支持，只是一群愛書發燒友透過辦報，推廣讀書以圓自己的愛書夢。我在此默默福祝他們能永遠延續，發揚光大。如今《清泉》已出了兩年，〇三年的用紅色報頭，稱為《紅版》，〇四年的報頭綠色，是為《綠版》，〇五年的未見，不知改成何色？

《清泉》也仿效《開卷》出叢書，第一本已面世的是谷林的《答客問》（北京東方出版社，2004），這本由張阿泉問，谷林答，止庵編的《答客問》，其內容實際是八十五歲的老文化人谷林一生的經歷、閱讀和寫作實錄。不知第二冊是否已在編印中？

出版於湖北十堰的《書友》，是該市新華書店主辦，一九九八年三月二十八日創刊的，由黃成勇主編，八開度，每期只出紙一張，僅四頁，每月才出一期，如今已出了七十多期，他們的宗旨是「以書為友，以書會友；立足民間，服務大眾」，本來只供省內愛書人閱讀，不料竟擴至全國，甚至飄出海外。

《書友》用首尾兩版作書訊，報道省內的書業事件，

中間的兩版則刊登書話，以水準及份量來說，只是中上，何以《書友》會特別受愛書人重視而名揚海外呢？

原來《書友》第二版與第三版中間，有「毛邊書局」的廣告，專門出售「毛邊書」和作家「簽名本」，這和藏書票一樣，同是愛書人、藏書家，搜尋以外的周邊樂趣。《書友》似乎是唯一一份有此類資訊的讀書報，難怪受讀書人偏愛了。《書友》的報頭也極具特色，每次都請一位名家愛書人題字，出了七十多期，即有七十餘位書友手跡，頗堪玩味。

這些民間讀書報於年前組織了「聯盟」，每年聚會一次，首屆聯盟於二〇〇三年由《開卷》主辦，第二屆於去年十二月由《書友》負責，名為「民間讀書報刊討論會」，在十堰市新華書店舉行，與會者有各報刊的代表三十多人，他們不僅把會議辦得有聲有色，事後還出版了一本《民間書聲》。

《民間書聲》為十八開本二五四頁，二〇〇四年十二月初版，僅印五百冊，其中一百冊還特定為毛邊本，十分珍貴。此書是數十種民間報刊的選集，先由各報刊從自家已出版的刊物中，遴選出文章若干，再交《書友》工作室編印，全書收文八十七篇，網羅國內的名家作品。龔明德為本書寫序〈書聲琅琅・源於民間〉，其中一段這樣說：

通讀這部《民間書聲》，會發現大量的相當活躍的民間文化元素在這裏閃着光耀：谷林、曾卓、綠原、化

鐵、何滿子、朱健、朱正、呂劍、流沙河、姜德明、朱金順、鍾叔河等前輩優雅耐品的文化談吐和許定銘、阿年、止庵、黃成勇、張放、彭國梁、張阿泉、唐宋元、謝泳、陳子善、韋泱、王曉建、自牧、馮傳友等中青年讀書人激情四射的散說隨寫，都是讓人留戀忘返的燦爛文字天地。……可以相信，隨着《書友》和《開卷》等民間讀書報刊的不斷出版，一大群新的和更新的讀書人就會在閱讀這些報刊的過程中成長為讀書界知名甚至著名的讀書人。（頁3）

這段話正好為民間讀書報刊打了支強心針，希望這批「聯盟」能站得更穩，為讀書界貢獻更大！

除了以上介紹的幾種，北京朝陽區的《芳草地》和貴州的《三聯貴陽聯誼通訊》，都是水平不錯，值得一讀的。

我沒有很着意的去搜尋國內的讀書報，只見過其中的十多種，國內愛書人的熱誠深深感動了我，一面讀這些報刊，一面羨慕國內愛書人的幸福。何時香港才會有一份我們自己的讀書報呢？

——二〇〇五年二月

《民間書聲》

———

《開卷》

《快活谷》的「不憂生」

　　朋友搬家，給我送來幾份塵封的《中國學生周報》，打開來一看：一九六四年一月廿四日的《快活谷》頭條是「不憂生」的〈快活谷雕刻展覽〉，五幅插畫加解說。哈，這篇東西！

　　「不憂生」正是區區在下，「生」是小生，「不憂」是無憂，其實用「無憂米」更好，咦，我好像也用過「無憂米」？記不起了，那段日子很遙遠，遠得像上一代的事。事實是「不憂生」也好，「無憂米」也好，都是自嘲，我在大坑東讀高中的那三年，生活相當艱苦，連每日中間的那頓午飯都要擔憂，時常夢想着能花三毫子吃一頓維他奶加菠蘿包的早餐。

　　學校門口大樹下有間鐵皮屋飯店，正常的日子是六毫子一碟牛肉飯，近「星期尾」沒錢了，一毫子白飯加色，或者再加一毫炸豆腐；收到稿費的日子，上茶樓去，「波蛋叉燒飯」是一元二角，又或者到七層大廈的茶餐廳去「贏阿伯錢」：

　　茶餐廳生意淡薄，老闆阿伯閒來無事，枱面擺個小小的二両酒杯（高三時直徑約一吋？），兩指捏着毫子，擲向枱面，毫子反彈跳進杯內，日日練幾百次。不知是阿伯年紀大（想來總有四五十歲），還是欠缺運動細胞，十

次中會有四五次不中。最初我只是看阿伯表演，後來則是一毫子一鋪打起「牙骹」來。我是籃球校隊正選，跳高冠軍，一百四百的跑手……全身充滿運動細胞，自然一練上手，白吃蛋治咖啡不少。

　　唉，拖得太遠了，說回那篇〈快活谷雕刻展覽〉，我是完全不會繪畫的，幾十年來從未畫過一幅畫，卻喜歡附庸風雅看藝術，既愛楚戈（袁德星）的單線條抽象畫，也愛亨利摩爾的雕刻品。初中時候鄰座的同學宗汝明愛繪畫，畫甚麼都很出色，每有要插畫的時刻，我都會向宗汝明「請槍」。一九六四年我編藍馬同人文集《戮象》的插畫，都是他照我的構想畫的，很楚戈。〈快活谷雕刻展覽〉的那幾幅，也是由宗汝明畫的，是楚戈與亨利摩爾的混合體。不見宗汝明半世紀，不知他後來怎樣了？會不會成了畫家？

　　記不起〈快活谷雕刻展覽〉騙了幾多稿費？起碼請我食了幾次午飯，多謝陸離！

——二〇一三年七月二十八日

不憂生的〈快活谷雕刻展覽〉

從夕陽贈我的兩頁書影談起

詩人夕陽透過柏雄傳來一九五○年代兩頁油印刊物的書影，我不單未見過，連聽也未聽過，非常珍貴。

《導路》封面有屈原《離騷》的詩句「乘騏驥以馳騁兮，來吾道夫先路」。未見原件，憑想像大概是閱讀札記或指導閱讀之類的刊物，可反映當時的年輕人熱中閱讀的實況。

另一頁《學友副刊》雖然同樣未見原件，卻使我激動，這是我在慕容羽軍的文章以外，第一次見到有人提起《學友》。

慕容羽軍夫人雲碧琳是從一九五○年代開始創作的女作家，她曾經編過《學友》、《中學生》和《文藝季》三種文藝刊物，前兩種在一九五○年代出版，後一種則是一九六○年代初的。《中學生》和《文藝季》我曾先後藏過，讀過，還寫過評介的文字，惟獨《學友》則是數十年未遇，引為憾事！

因為夕陽這頁書影，刺激了我再次上網查《學友》。距上次多年，如今網上的「學友」，除了大部分是歌星學友和台灣《學友》以外，終於讓我找到少量與香港《學友》有關的條目：

此中我最有興趣的是西西首次得獎的故事：一九五五年，《學友》舉辦徵文比賽，讀初三的西西，以小說〈春聲〉越級挑戰，得高級組冠軍。原來《學友》竟是西西得

獎的起步點。

一個叫《黃霑．故事：深水埗的天空（1949~1960）》的網頁提到《學友》時，不單提供了書影，還有這麼一段文字：

> 《學友》雜誌是 50 年代另一個熱門的青年寫作園地，有左派背景。少年黃湛森心中有火，發表慾強，投稿不分左右，對象當然少不了《學友》。

原來黃霑當年也是《學友》的投稿者之一，頗令人意外。不過，這段話中的「有左派背景」這句話很有問題。他大概把《學友》和當時一個名為「學友中西舞蹈研究社」（「學友社」）的左派團體混淆了，以為《學友》必然是「學友社」出版的。其實不然，據《學友》的主催者慕容羽軍，在他的半自傳《為文學作證——親歷的香港文學史》（香港普文社，2005）中說：

> 一九五〇年代，余英時、徐速和劉威三人合組高原出版社，得「綠背」支持出版書刊，把慕容羽軍拉去編《少年雜誌》，他從中抽掉了部分資金，出版「一份小型刊物《學友》半月刊，參與其事的有嚴南方、黃振玉、雲碧琳和我」（頁 92）。

此所以《學友》不是左派刊物，而是「綠背」文學之

一。因為慕容有實際的編青年刊物經驗，任總策劃，雲碧琳作執行編輯。我們在《學友》的書影中見到一大群編委，其實都是供稿的招徠名家，此中我特別要提的是老報人嚴南方，他是嚴以敬的父親，後來也編過《文學世界》。

慕容羽軍還說《學友》是一九五四年九月創刊的半月刊，連續出了兩年多（頁95）。苟如是，則《學友》最少出了四十八期，然而，多年來香港的舊書市場上何以從不見其蹤影？《黃霑‧故事：深水埗的天空（1949~1960）》提供《學友》的書影時，附帶有這麼一句：

照片出自《學友》，1954 年 11 月，3 期

我特別留意「3 期」字樣，如果九月創刊，十一月第三期，明顯是月刊，而不是慕容所說的半月刊，究竟誰是誰非，有待探究！

一九五〇及六〇年代青年刊物的編者，大都擅長以集會、講座、舞會、旅行及支持刊物出版的手法來連繫讀者，我珍藏的一組照片就是《星島日報‧學生園地》所辦的旅行，特選有三角旗團名的那張供大家參考。此中最成功的組織是《中國學生周報》的通訊員，除了舞蹈組、戲劇組、音樂組……，最出色的是學術組，辦學術活動以外，還出資支持通訊員的組織，如阡陌文社的刊物《阡陌》，組內刊物《學生之家》及《學園》等。

慕容羽軍一九五〇年代編過《天底下》和《中南日報‧

學海》，都是以年輕人為對象的刊物，深知連繫年輕「粉絲」的重要，因此，在他策劃的《學友》書影上，大家可以看到發刊了十多位「基本學友」的名字，大概這些就是《學友》的義工。

回頭再說夕陽書影的那頁《學友副刊》，應該是「基本學友」配合《學友》而出版的油印本。從這期出版於一九五五年五月的第二期看，在時間上也很正確。封面右邊有主編陳冠雄（夕陽）、方織霞和曾國華等三人。夕陽是活躍於一九五〇及六〇年代的詩人，他出過《夕陽之歌》（香港麗虹出版社，1959）和六人詩集《擷星》（香港麗虹出版社，1960），此外，青年文叢：《原野的呼喚》和《白花之歌》、《新詩俱樂部》、《月華詩刊》……都與夕陽有關，是一九五〇年代青年文壇上的重要人物；方織霞的作品曾被選入謝克平編的《香港學生創作集》（香港亞洲出版社，1956），她的〈慧妹妹的撲滿〉寫小女孩既想儲錢，又忍受不了雪條的誘惑的小故事。從生活中取材，小女孩的心理活動亦掌握得不錯；曾國華則是曾逸雲的原名，是當年的活躍份子，很多文藝刊物都見他投稿。至於排在中間的要目，區惠本、梓人和曾逸雲都是後來響噹噹的名字。

看了兩頁書影，痴人說夢的寫了一大堆，希望他日能盡快見到原件，找到《學友》，還我心願！

——二〇一八年十二月

《學友》書影（從網上轉載）

————————————————

《星島日報》學生園地作者旅行

浴火重生的鳳凰：《學友副刊 2》

去年詩人夕陽透過柏雄傳來一九五〇年代兩頁油印刊物的書影：《導路》和《學友副刊 2》。我雖未見原書，卻立即發表了〈從夕陽贈我的兩頁書影談起〉，以示對這兩種刊物的重視。當時我即認定《學友副刊》，應該是雲碧琳所編《學友》的「基本學友」為配合《學友》而出版的油印本。詢之夕陽，到底是一個甲子前的舊事，當事人也印象模糊了！

幾個月前回港，夕陽即珍而重之的將兩種油印件送到我手上，捧讀兩冊具六十五年歷史的油印殘本，感慨萬千，因為我也是油印刊物的過來人，特別了解此中的辛酸！

油印刊物是件頗為艱辛的工作：要用蠟紙鋪在有坑紋的特定鋼板上，再用針筆一筆一畫的刻寫，力小了蠟紙畫不好，印出來即模糊不清；力大了蠟紙會穿，印出來一團污，更糟，這絕對不是少年人能耐着性子做的事。當然，凡事都有例外，吾友吳萱人及一九六〇年代初「同學文集社」出版油印刊物的執筆者，他們不單字寫得工整，還有精美的設計，製成品不單是本漂亮的刊物，簡直是件足以傳世的手工藝術品。

既然油印那麼艱辛，何以早年的文藝青年還多採此途？

那完全是經濟問題，因為油印所花，僅約到印刷廠鉛印

的十分之一即可，故那年代的油印刊物十分流行。我早期組織的芷蘭文藝社，也是先用油印，後來才轉用鉛印來出版《芷蘭》的。油印的《芷蘭》記不起出了多少期，每期有多少頁，都是大家輪流抄寫的。但，一九六四年六月前的那期，全部文友都要溫書準備中學會考，無人肯抄寫，全落到低他們一年級的我手上，十幾二十頁抄到手軟，印出來自然一塌糊塗。自此，不再沾手油印，大家節衣縮食出鉛印。

其實油印不單要寫蠟紙，還得要落手落腳去印刷及裝釘。沒有經驗的少年們，常會出錯印底面，裝釘互調的糊塗，夕陽贈我的《學友副刊2》就是這樣的一本刊物：底面幾乎頁頁倒印了，又有多印了的頁數，釘錯了的前後……，唉，讀得痛苦！想到這是本有六十五年歷史的珍本，想到這是本不應忽略的好書，想到這是一九五〇年代文藝青年的心血……，我只好耐心地把它逐頁掃描、整理，然後貼到《香港文化資料庫》，讓它好好保存，讓大家讀得輕鬆愉快！

這期出版於一九五五年五月的第二期《學友副刊2》，封面右邊印有主編陳冠雄（陳灌洪、夕陽）、方織霞和曾國華等三人。夕陽是活躍於一九五〇及六〇年代的詩人，他出過《夕陽之歌》（香港麗虹出版社，1959）和六人詩集《擷星》（香港麗虹出版社，1960）。此外，青年文叢：《原野的呼喚》和《白花之歌》、《新詩俱樂部》、《月華詩刊》……都與夕陽有關，是一九五〇年代青年文壇上

的重要人物；方織霞的作品曾被選入謝克平編的《香港學生創作集》（香港亞洲出版社，1956），她的〈慧妹妹的撲滿〉寫小女孩既想儲錢，又忍受不了雪條的誘惑的小故事。從生活中取材，小女孩的心理活動亦掌握得不錯；曾國華則是曾逸雲的原名，是當年的活躍份子，很多文藝刊物都見他投稿。

排在封面中間的要目，是編者認為可作本期代表的作品，有區惠本的〈男女平權論〉、梓人的〈花一般的記憶〉、白玉琪的〈讀聖賢書所學何事〉、譚小清的〈馮先生〉、芷子的〈歸程〉、颼生的〈春聲〉、金鵬的〈給夜〉和曾逸雲〈草原的露珠〉，有論文、散文、新詩和小說。此中比較引人注的是區惠本、曾逸雲和梓人，都是後來響噹噹的名字。曾逸雲一九六〇年代常為文藝報刊創作新詩和散文，區惠本是書癡，藏書甚多，長期為香港的報刊撰稿，寫文史雜論，曾任《明報晚報》及《波文》月刊編輯，從一九五〇年代寫稿至二千年後，是香港文壇的長青樹。

我尤其注意寫〈花一般的記憶〉的梓人，他原名錢梓祥，是活躍於本港一九五〇及六〇年代的小說家，當年的文藝期刊《六十年代》、《文藝季》、《文壇》、《海瀾》、《文藝沙龍》、《好望角》……都經常讀到他的小說，傳世的短篇小說集有《四個夏天》（香港太陽出版社，1965）和同期出版的《離情》，近聞初文出版社的黎漢傑將出版梓人的短篇小說選集，不知編者有沒有見到這

篇〈花一般的記憶〉？〈花一般的記憶〉是以抒情手法寫的極短篇，約二千字，寫他從記憶中閃念的花中情意，對伊人的無盡思念……，以一九五〇年代的水平來說，相當出色。

凡二十頁的《學友副刊 2》，除了要目中談到的幾篇，還有子芳的〈海〉、慧君的〈夏日隨筆〉、夕陽的〈狗〉、張俊英的〈校章的自述〉、珊珊的〈黃昏碎語〉……等十來篇，以散文居多。

封底除了〈編者的話〉，還有篇非常有趣的〈1955 年 4 月 10 日學生旅行收支報告〉，錄如下：

1. 收入部分：學生 46 人參加，得 46.00
2. 支出部分：

麵包三十磅 13.50

牛油二罐 5.60

占士一罐 0.90

牛奶一罐 1.20

豬肉豆二罐 1.80

沙甸魚五罐 6.00

柑 10.00

獎品 4.00

菲林 6.00

3. 比對結存：49.00 欠 3.00

看來這是《學友》「基本學友」的旅行開支表，透過它可以知道：原來當時一個中學生參加旅行，消費只要「一元」。透過它還可以知道當時的物價，中學生們的消費何其節儉！

　　這是我首次發現文學油印刊物的副作用！

——二〇二〇年一月

《學友副刊》油印本

梓人的〈花一般的記憶〉　｜　輕盈的〈天倫樂〉

珍本圖鑒《書影留蹤》

《書影留蹤》

香港中文大學圖書館於二〇〇七年一月三日至二月二十八日在大學圖書館展覽廳舉辦「中國現代文學珍本展——以民國時期上海、香港出版物為例」，精選展出三百多種民國時期在上海及香港出版的中國現代文學珍貴書籍。

為了配合《中國現代文學珍本展》的展出，香港中文大學大學圖書館系統出版了巨冊《書影留蹤》（香港中文大學大學圖書館系統，2007），此書由盧瑋鑾、許定銘作顧問，黃潘明珠、馬輝洪、張秀貞及陳露明作編委，是大三十二開本，厚四百二十頁，彩色精印三千冊，據說耗資十萬，乃大製作。

《書影留蹤》全名是《書影留蹤·中國現代文學珍本選——以民國時期上海、香港出版物為例》，以三百八十二種當時出版的文學書籍封面及內容，介紹了良友圖書公司、文化生活出版社、日新出版社、懷正文化社、晨光出版公司、人間書屋和海洋書屋等七間出版社的製作精品（此中最後兩社是香港的）。此外，還配以〈其他珍本〉，書前的序言、凡例、中國現代文學珍本說明及中國復旦大學圖

書館龍向陽的〈民國時期出版概況〉等，及書後的著作詳目和著者詳目等方便檢索，使本冊成為高水平的文學工具。

　　每個出版社的書影之前，先有短文介紹它所處的年代及其出版物，之後每頁一書，盡量做到以書影、版權頁及內容簡介等三方面進行。為了美觀，左頁用了白底黑字，右頁則是啡底反白，而圖片則全是原色原圖，設計悅目吸引。

罕見

　　《書影留蹤》出版的二〇〇七年，正值民國版新文學平裝本價格大躍進的年代。當時我剛好退休，相當活躍，上孔夫子網搶拍，赴北京上海淘書，和內地民間報刊編輯部書信往來，到天涯及談書的網站上，與各地文化人交流……。而《書影留蹤》的銷情也十分理想，與內地書壇交流頻密的神州圖書公司老闆歐陽父子，親到中文大學取貨也讓我碰到幾次。

　　《書影留蹤·中國現代文學珍本選——以民國時期上海、香港出版物為例》很受內地學人注意，談論的人很多，要雞蛋裏挑骨頭的也不少，他們大概都不忿香港那麼小小的彈丸之地，居然可以出版這麼精彩的巨冊。

　　其實，一本書無論你如何仔細編纂，缺點肯定是有的，

內地人首要針對的是「珍本」兩字。他們覺得既是「珍本」，一定得要珍貴而罕見，而忘卻了地域關係；不同的地方，「珍貴」和「罕見」都不盡同。

舉個例：我曾寫過篇〈罕見的《春光》〉（見拙著《書人書事》），介紹由莊啓東和陳君冶編輯，於一九三四年僅出三期的上海文學期刊《春光》，發表於一九八七年的《讀者良友》。不久，即有上海文人寫了篇文章，說上海的圖書館裏不少。上海圖書館多，香港圖書館及市面未見，都不能說「罕見」，是不是有點吹毛求疵？

又如：有次跟北京藏書家姜德明談到薩空了的中篇小說創作《懦夫》（香港大千出版社，1949），姜德明說未見過，也不知道他曾出過這本書。事實上此書在香港不少，流經我手的，至少十本八本，若有北京人寫了篇〈罕見的《懦夫》〉，我也不能否定《懦夫》非罕見，因在北京是極罕見的，連大藏書家姜德明也未見過。

故此，書是否「罕見」，切記與地域關係密切，而不能以一己所見以否定他人。

最受非議的

《書影留蹤》裏的書，有不少是我借出來的，我知之甚詳；但我不是編輯，編者怎樣處理，我不便過問。

書出來後，有幾處選用了重印書的封面，很受內地文

人非議：重印書怎可能是「珍本」呢？

此中如：第二十四頁沈從文的《記丁玲》，此書原良友版；第五十二頁何其芳的《還鄉日記》，原良友復興圖書版；第一一三頁端木蕻良的《憎恨》，原文化生活版；第一一八頁王統照的《江南曲》，原文化生活版。

這些書雖然都很少見，但我手上都有，編輯者何以不用原封面，而用重印書的封面呢？

我仔細地翻閱了這幾頁，見書影下都有詳細的原正版資料，亦同時加上「此為香港重印本，封面全新設計」字樣，才明白編者在這幾頁內故意用重印本封面，是讓讀者作對比，並提供給外地讀者作參考用的。

「珍本」的不足

其實《書影留蹤》裏的書影，也有些是非「珍本」的，主要集中在「文化生活出版社」的書。

文化生活出版社成立於一九三五年五月，至一九五四年併入新文藝出版社，建國前出版文學書甚多，最重要的是由巴金主編的《文學叢刊》，由一九三五年十一月至一九四九年六月間，曾出十集共一百六十種。

這套叢刊有劃一的封面及版權頁，很容易辨認：封面一律白底，字橫排，首行是「文學叢刊」，次行是字稍大且有色的書名，第三行是作者，下排標明「文化生活出版

社」近地位。

版權頁格式也一律：主要分兩列，右邊是書名、作者和出版社資料；左邊注明是那一集中的第幾種，並排列出該集中十六種書的資料；最左直線以外的是初版及本版的日期，非常清晰，一百六十種都是這樣編排的。

《文學叢刊》是收藏中國現代文學民國版舊書的起步版，其中有十種八種極罕有，不容易收齊。我始藏的一九六○年代約為三十元一冊，每能買到多欣喜若狂。

不過，當年常會買到一些「偽《文學叢刊》」。這些偽書的封面與正版無異，學到十足；但版權頁則學了八成，仍稍有分別，主要是左邊原刊登集數與種數之處，沒有了集數，卻改成共「三十八冊」、「四十三冊」……之類，而不是正版的固定為十六冊。

舉兩個例：第八十七頁巴金的《髮的故事》版權頁則列出此集共「三十六冊」；又如：第八十九頁茅盾的《少女的心》版權頁則列出此集共「四十二冊」。這些「偽《文學叢刊》」，一九五○至七○年代香港的舊書攤上甚多，主要出的都是巴金、茅盾、冰心、魯迅……等名家的為主，售價僅五至十元不等。我估計這些書不是原出版社出版，而是香港某些書商在一九五○年代向內地租或買到「紙型」，將版權頁稍改，方便宣傳，而在本地重印的。還有一點最易辨認的：正版是三十六開本，偽書多為三十二開，略高。

《書影留蹤》的編者編書時疏忽了這點，故書內收了

不少這些偽書，如第八十五至九十四頁，由茅盾的《牯嶺之秋》、老舍的《開市大吉》……至鳳子的《鸚鵡之戀》等共十種，都是這種「偽《文學叢刊》」，是為不足。

另有第一六六頁 巴金的《羅淑散文集》（文化生活出版社，1948），用的是《現代長篇小說叢書》的封面，此叢書我僅見這一冊，書影下有附言：

> 此書未見於《民國時期總書目》及《中國現代文學總書目》，經許定銘先生鑑定，疑為偽書。（P166）

這都是《書影留蹤》中未達「珍本」水平的書影，不過，這些未達「珍本」的舊書，在舊書市場上已存在半世紀以上，也是罕見的老書，算不算「珍本」，大概也見仁見智了吧！

珍本中的「珍本」

除用了十張八張「偽《文學叢刊》」的書影外，我看不到《書影留蹤》裏有何種大缺失。如果要求更高一點，唯一要說的是：製作得太急促了，有些版面其實可以拍得更清晰一點。但行內人都很清楚，圖書館的珍藏及私人罕本，製版時往往不能太隨意，因那些珍本大多極殘舊，不可粗疏、隨意移動，就拍得不夠好是情有可原，也就不該

苛求了！

　　事實上《書影留蹤》內罕見的珍本不少，僅選出首三種，略述如下：排首位的是第三〇一頁孫受匡的《熱血痕》（香港虞初小説社，1923），全書一一二頁，連序及附錄等，收〈巾幗英雄——鐵血女子〉、〈飛揚宇宙——五色國旗〉……等五篇。

　　孫受匡原名孫壽康，一九〇〇年生的廣東東莞人，長居香港，熱愛新文學，是香港第一代新文學人，也是新文化出版機構——「受匡出版部」的創辦人，他在香港及廣州都有出版社，出過黃天石的《獻心》、羅西的《墳歌》和《仙宮》……等創作。

　　《書影留蹤》出版後，很多內地的新文學專家均來信詢問有關《熱血痕》資料，都説未見過此書，可見珍罕！

　　其次是第三六一頁羅拔高的《山城雨景》（香港華僑日報社，1944），此為戰時的出版物，最有趣的是其扉頁居然有「香港占領地總督部報道部許可濟」字樣，書前有葉靈鳳的序，書後有戴望舒的跋，看來淪陷時期要出一本書真不容易。

　　《山城雨景》的作者「羅拔高」是「蘿蔔糕」的諧音，他是原名盧夢殊的廣東人，一九三〇年代在上海寫作，曾出過中篇小説《阿串姐》（上海真美善書店，1928）。凡一〇八頁的《山城雨景》，內含〈黎明〉、〈企米〉、〈寂寞者底群像〉、〈夜〉……等十個短篇，它要給我們看的是一九四二年香港社會的眾生相！這本港版書，我因得地

利，先後見過三冊，內地卻相當罕見！

　　同列第三位的是第四十九頁魯迅序・葛琴作的《總退卻》和第五十頁羅洪的《春王正月》。上海良友圖書公司在一九三七年，曾出過幾本不入《良友文學叢書》的創作，《春王正月》與《總退卻》正是這個系列，同樣都是僅印一千本的，都碰巧「八・一三」戰事展開，「良友」的倉庫被炮轟，市面流傳的少之又少。

　　《總退卻》（上海良友，1937）是葛琴（1907~1995）的第一本小説集，本來沒有甚麼特別，其難得之處是魯迅肯為此書寫序。可惜序和書稿因政治關係一起丟失了。到一九三六年，魯迅無意中跟趙家璧談起《總退卻》，趙家璧立即請葛琴重新組稿再出，可惜書出後不久，因受炮火被焚毀得七七八八，流傳下來的甚少，十分罕見。連人民文學出版社於一九五七年編印十卷本《魯迅全集》時，也在此文（銘按：指魯迅寫的《總退卻》序）註釋裏說：「《總退卻》，葛琴的小説集，這部小説在當時並未出版過，魯迅為該書所寫的序，在收入本集以前未發表過。」

　　一九三〇年代初，當女作家丁玲、冰心、盧隱、謝冰瑩等還在以本身的經歷為題材，寫身邊的人事時，寫《春王正月》（上海良友圖書公司，1937）的羅洪（1910~2017），受了茅盾《子夜》的影響，「偏向虎山行」，憑間接搜集到的資料，以二十萬字的「大手筆，以藝術形象，集中而生動地描繪了一幅三十年代初期，發生在上海附近一個古老城市（她的家鄉松江）的舊中國錯綜

複雜的社會生活畫卷」（見趙家璧的〈寫我故鄉的一部長篇創作〉）。無論成功與否，其創新精神是值得敬佩的！

上面提到的珍本中的「珍本」，《書影留蹤》中當然不止這幾種，最好你自己去翻翻。

——二○二○年十一月

大三十二開本，厚四百二十頁的巨冊
《書影留蹤》

〈罕見的《春光》〉

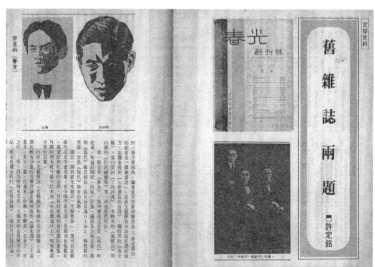

很多內地的新文學專家均來信詢問有關
《熱血痕》資料，都說未見過此書，可見
珍罕！

《山城雨景》，扉頁居然有「香港占領地總
督部報道部許可濟」字樣，書前有葉靈鳳
的序，書後有戴望舒的跋。

《春王正月》碰巧「八・一三」戰事展開，
「良友」的倉庫被炮轟，市面流傳的少
之又少。

俊東的來信

上傳了〈一個愛書家的剪貼簿〉和〈剪貼簿另一章〉到網站，很多朋友都關心俊東的近況，紛紛來問，我無言以對。後來想到俊東給我的電郵中也傳來了他的近照，而電郵也正好反映了他的思維，如果把它們上傳，也可以說是「近況」的一面。於是把他的信件及照片整理如下：

二〇一八年九月十日俊東來郵——

定銘兄：

昨天下午收到你的大著，非常高興。差不多每年你都有新著作，這是極好的現象，希望不久的將來，又再收到你另一本大作。近年來你的書，編排的形式，我非常欣賞，不注重花巧，注重插圖、書籍封面、版權頁等等，你的安排也很方便查閱，對於喜歡舊書的朋友，尤其是研究的讀者非常方便，因為舊書和絕版書一樣，普通人是不易見到的，而你著作的內容和編排，正好擴充愛書人的眼界和知識，所以像我輩這類愛書的，覺得很有意味，又有參考的價值，資料豐富，珍本齊全，愛書人一見，自然醉了。我相信你仍然有很多未來的作品都是這樣出版，你這本新著作，因為剛剛收到，還未細心品賞，但是翻一、兩

翻，已是愛不釋手。老實說老友，你的書愈出愈可愛，相信以你近年來搜集的好書、絕版書，搜集了很多有關，所以近年來的著作，內容充實，極有份量，這是很難得的。

我睇到你回郵的新地址，知道你是搬了新居所，可能舊居已經沒有地方收藏你的書籍，所以不得不擴充版圖。新居是否與好朋友鄭明仁兄成為鄰居？那麼可以一起飲茶了。我的小女尹琛，近來有新工作，所以沒有空寫電郵給你，適逢我的大兒子尹稜夫婦來悉尼探我，趕快叫他為我寫電郵給你，以免掛心。

我自從重生以來，不覺有五年了，這些年多集中操練身體，做物理治療，進展良好，唯獨右手右腳仍然不靈，不良於行。在家中雖然可以自由行動，只是舉步維艱。最初兩三年，我常用枴杖行路，最近則要用支撐架才可以，雖然略為辛苦，在家尚能自由走動，在家人和內子支持之下，生活可以過得平靜而安定。現在每天的生活，除了操練身體外，都是看報章、電視、iPad，偶然翻看幾頁書，日子也很容易渡過。……不知不覺寫了很多，阻你很多時間，原諒我的長氣。

就此打住。

香港天氣變幻無常，請多多保重身體，替我問候太太。

我這裏天氣逐漸轉暖，由寒冷轉為寒涼的春天，風和日麗，尚算不錯，祝你全家平安健康。

俊東上（黃尹稜代筆）

二〇一九年二月十三日俊東來郵——

定銘兄：

　　你的大著《向河居書事》如你所料在聖誕節前已經寄到了，重甸甸的厚冊拿在手裏，很有份量啊！又是一本很獨特的著作，封面上的素描畫，畫着向海居的內景，主人坐在一張書檯寫作，頗能夠表達本書內容的意思，老實說你近年來的著作，都有獨特的風格，但是一本比一本充實，看來很吸引讀者的注意，我為你高興。這些著作，份量一多，內容充實，資料又吸引讀者，早已成為你的風格，尤其難得插圖豐富，書影珍貴，非常難得，成為愛書人珍品。很想收到書就給你回電，可惜小女工作有所改變，非常忙碌，所以無法發電郵給你道賀。無獨有偶，去年九月份你也曾贈我新的著作，亦是不能給你立刻回電，恰巧我的大兒子來探我，當然立刻請他為我回覆電郵向你道謝。現在又重演一次，日前又是他來悉尼探我，所以又再叫他立刻覆電。

　　最近你又有電郵給我，把我從前送給你的剪報詩集上網，我覺得很好，因為可以讓有興趣的人看到那些作品，而我自己也可以重溫一次。我覺得意外，竟然在一九五二年已經編成那冊子，實在很久了。那時候，我的確喜歡力匡的新詩，正如後來喜歡何其芳的詩一樣，這已是年青時代的事，現在重讀一次，很多作品頗有回味，所以我說，

你把那些作品上網，應該是青年人的喜訊，可以參考，與現代的作一比較，還是有意義的。銘兄你做了很多有意義的事，相信你很忙碌，我不想再阻你多時間，繼續做你有意義的工作吧！記得有好消息請告訴我，我的身體近來尚算幾好，生活已經成了一個模式，不談你也知道的，有機會我一定給你電郵，新年祝你身體健康，家庭幸福，請問候各位老友。大兒子黃尹稜代筆。

俊東敬上

這是我今天拍攝的，現在的氣溫大概 25C，天氣和暖。

——許定銘輯錄於二〇一九年三月

黃俊東（二〇一三年十一月）

————————————

在家中用支架輔助走路

懷正出版社的書

劉以鬯先生在一篇題為〈懷正，四十年代上海的一家出版社〉的文章中，回顧了他一九四〇年代在上海辦出版社的經過。該文是他一九八一年十二月二十二日在香港中文大學「中國現代文學研討會」上的發言，後收編於梅子編的《劉以鬯卷》（香港天地圖書有限公司，2014）中。

在那篇回憶中劉以鬯很詳細地紀錄了「懷正文化社」由籌備到結業的經過，連當年開業時發給同業的通知書也全頁刊登，並重點介紹了懷正出版社的出版物。

在他們出版的創作類書中，劉先生非常重視他們的頭炮徐訏的《風蕭蕭》，此書不單是「懷正」的第一本書，還一炮而紅，不到一年間即印了三版，彷彿為出版社打了支興奮針，而徐訏也陸續為出版社供稿，出了《三思樓月書》：《阿拉伯海的女神》、《烟圈》、《生與死》……等十種。那年代徐訏名氣大，這批書的印量也不少，奇怪的是這些懷正版的徐訏在舊書市場上卻不多見。

「懷正」的另一重點作家是姚雪垠。他的書總稱為《雪垠創作集》包括《差半車麥稭》、《長夜》、《牛全德和紅蘿蔔》，和《記盧鎔軒》等四種。

由於是在研討會中的發言不宜太仔細，劉先生只介紹了叢書的總目，而沒有說出個別作家和書名。這點遺憾可

以在易明善的《劉以鬯傳》（香港明報出版社，1997）中得到補救，我綜合了兩處，表列了些他們的創作類書在下文中供大家參考。

懷正屬創作類的《懷正文藝叢書》、《懷正中篇小說叢書》、《懷正文藝叢書》特大本中，分別出版了李輝英的《霧都》、熊佛西的《鐵花》、豐村的《望八里家》、王西彥的《人性殺戮》、李健吾的《好事近》、許欽文的《風箏》、劉盛亞的《水滸外傳》、田濤的《邊外》、秦瘦鷗的《危城記》、沈寂的《鹽場》、施蟄存的《待旦錄》、姚蘇鳳的《鑄夢傳奇》、徐昌霖的《天堂春夢》、劉以鬯的《失去的愛情》……等數十種。

在舊書的市場上，懷正的書雖不常見，也不至於十分罕見，我在二〇〇〇後的那十年八年訪書期中，也見過及搜集過少許，讀過及寫過書評，有些留下了書影、版權頁及書內的點滴，如今收在下面，讓大家在讀文之餘得以讀圖，補救了純讀文的單調！

——二〇二〇年六月二十八日

劉以鬯先生

| 懷正出版社的姚蘇鳳 | 懷正出版社的李健吾 |
| 《鑄夢傳奇》 | 《好事近》 |

《颱風季》來了

　　二〇一五年冬，我從洛城北上溫哥華，拜候前輩劉乃濟、阿濃和盧因。其時寫完〈看盧因表演「一指禪」〉未幾，他早期的小說創作於腦際盤旋未去，深為這批小說少人讀到而遺憾，遂鼓勵他整理出書，並說為我出書的初文出版社老闆黎漢傑很信得過而介紹他們通訊。

　　時光荏苒，轉瞬多年，近日終於收到黎老闆的信息，說盧因早期的小說集《颱風季》已排好版排期出版；據說還有後期作品的小說二集和論文集，非常高興。

　　《颱風季》收盧因一九五〇及六〇年代短篇小說共二十三篇，此中〈暖春〉和〈颱風季〉均寫於一九六六年，前者發表於《文藝伴侶》，後者見刊於《海光文藝》，是集中寫得較遲的兩篇，其餘二十一篇均寫於一九五七至六二的六年間，其分布為：《文藝新潮》有〈餘溫〉、〈父親〉等四篇；《新思潮》有〈肉之貨品〉等三篇；《文壇》有〈暗層〉、〈生命的最低層〉等四篇；台灣的《筆滙》有〈未熟的心〉等兩篇；《中國學生周報》僅〈母愛的故事〉一篇，而劉以鬯先生主編的《時報・淺水灣》則發表得最多，有〈枷〉、〈橋〉、〈牆〉……等系列性的短篇共七篇。我在此不厭其煩的把盧因各短篇的出處表列出來，是要說明：盧因在熱中創作短篇的那幾年，並非侷限於某些

刊物發表，而是盡量投稿給當年著名的重要期刊來證明自己的實力。

　　盧因很早就非常注意現代主義寫作技巧，常運用獨白及時空跳接等表達方式。我十分欣賞他首篇發表於《文藝新潮》的〈餘溫〉。〈餘溫〉近四千字，全篇以獨白的形式，展示一位二十歲青年墮落後底懺悔：他好賭卻不會贏，經常輸錢，不僅把自己的金筆「舉」了，還厚顏向朋友伸手作本錢。他本身是基督徒，卻色膽包天，偷看黃色小說，擁抱愛撫純潔無知的少女，去嫖妓卻又怕染病⋯⋯。

　　這本來是極普通的「邊緣」年輕人故事，不少流行小說也用過的題材，但盧因卻作出大膽嘗試，他摒棄了一般敘事手法，用「我」作主體，用視線觀察「他」，替他去「舉」金筆，伴着他去飲酒，跟他一齊去嫖妓，一齊撫摸妓女的胴體，一齊躺到床上⋯⋯，如此荒誕不經的故事令人驚訝。不過，如果你深入探究，即會發現盧因筆下的「我」和「他」其實是同一個人，那是個人思想流中，正反兩方的戰鬥與掙扎。一九五〇年代的香港小說，採用這種近乎「人格分裂」的演繹方式，是相當罕見的！

　　他在創作中常嘗試運用前衛手法寫稿，發表在《新思潮》中的〈佩槍的基督〉，和台灣文學雜誌《筆匯》上的〈太陽的構圖〉便是。

　　〈佩槍的基督〉寫出生入死，一直在槍桿子下謀生的大賊阿康，與無知少女阿香墮入愛河後，才了解情慾與愛戀是兩回事。為了阿香，為了阿香腹中塊肉，阿康願意改邪

歸正。然而，正當成功在望之際，他陷入包圍之中。一個生命即將完結，另一個生命卻在阿香的子宮內成長……。

〈太陽的構圖〉寫他和她的情意，在冬日的陽光下，在摩星嶺岸邊的石叢中，在朗誦「藍馬店主人」的詩聲裏，在濃情的愛撫中昇華……。然而，當他第二天苦苦地期待她再來的時候，卻聽到苦痛的信息，知道她在另一處的太陽下遇到車禍，在「美好」的陽光下變成一堆堆血紅……。

盧因是虔誠的基督徒，透過小說去宣揚「愛」的哲學最自然不過，在這兩篇小說裏，他強調了生死的交替，人際的離合，一切早有安排，冥冥中自有主宰；愛情再偉大，主人公再堅強，也無法改變命運！其實，我不着意要談它們的思想、內容，我關心的是它們的表達形式：六千多字的〈佩槍的基督〉，全篇有段落而無標點符號，那幾千顆字粒密麻麻的互擠着，讀起來像無數的鉛粒，重重的壓向讀者，一粒粒的投射到眼瞳裏，加上不停跳接的時空錯落，與人強烈的壓迫感，直把人強扯進阿康和阿香的思想流裏……。

在書內排滿四頁的〈太陽的構圖〉，形式與〈佩槍的基督〉背道而馳，雖然它也不用標點，卻是在每句應該標點的地方留了空格。整篇小說像一塊塊留下窗洞的豆腐，是要人透過空格看進文字的裏面？還是要借那些空格停一停、想一想？還是這些空格中有隱藏着的精靈在睥睨那無知的讀者？我突然想起這種形式正是台灣詩人商禽詩的形式，盧因是在說他的小說是「詩小說」？或者說凡文學作

品寫得好的都是「詩」？

　　其實，在用新手法寫小說的同時，盧因有時也會用傳統的手法來創作的。像一九五七年，《文藝新潮》舉辦小說獎金比賽，盧因以〈私生子〉勇奪第二而一舉成名，奠定他日後以寫作為業的半個職業作家生涯。〈私生子〉就是用傳統手法來演繹的，它寫的是舊日農村故事：替村長兒子做奶媽的趙娘娘，未嫁懷孕生子，受盡村人的嘲笑、白眼和欺凌。趙娘娘冒着生命危險，含苦茹辛把孩子養下來，後來還把趙小三送到南洋去。若干年後趙小三發跡富貴還鄉，受村人大鑼大鼓歡迎，視為整條村的光榮，村長甚至親自出迎，把昔日的歧視拋諸腦後。盧因安排「私生子」趙小三吐氣揚眉，展示了他對昔日農村及舊傳統的不滿，用「鄙視」與「恭維」組成了強烈的對比，是他以傳統手法寫的小說中較出色的一篇。

　　有一個時期盧因住在長洲，與當地漁民接觸的機會頗多，收集了豐富的資料，用心地寫了〈颱風季〉，寫漁民用生命去和颱風、大海搏鬥，雖意志堅強，卻也無力戰勝大自然……，是另一篇優秀的傳統傑作。

　　《颱風季》中，除了小說，還附錄了何杏楓及張詠梅二〇〇三年訪問盧因的紀錄，談他的投稿背景及與劉以鬯主編的《時報‧淺水灣》底關係；還有梁麗芳的評〈私生子〉，都是了解盧因必讀的文章，幸勿錯過。

　　　　　　　　　　　　　　　　——二〇二一年一月

盧因與許定銘

盧因《颱風季》書影 〈太陽的構圖〉曾在《筆匯》刊出

祥子的〈郭良蕙與侯榕生〉

　　《海光文藝》一九六六年六月的那期有篇祥子寫的〈郭良蕙與侯榕生〉，屬於作家印象記的文章，頗值得向大家推介。

　　這位祥子不是老舍筆下的《駱駝祥子》，在香港沒有名氣，他提及的郭良蕙與侯榕生是台灣的女作家。其時，《心鎖》事件還未發酵，知道郭良蕙的香港人不多，侯榕生更是少人認識，祥子用八千多字去推介兩個台灣女作家之時，把自己也寫進了去，其實是向大家推介了三位作家，當年的吸引力應該甚弱，但五十五年後的今天回看，若那時沒讀這篇文，應該是走漏了眼的。

　　祥子寫這篇文章的時候是一九六〇年代中的事，但他文內寫他與兩位女作家交往的，卻是更早的一九五〇年代，大家都是開始寫作未幾時的事。

　　祥子說是魏子雲介紹他認識郭良蕙和侯榕生的，她倆的共同點：都是寫小說的空軍家眷，而且住在同一個宿舍裏。祥子的第一印象是：「侯榕生白白胖胖，穿着一件旗袍，懶洋洋地抽着香煙。是個少奶奶派頭。」郭良蕙則是「人滿漂亮大方，愛穿綠衣裳⋯⋯，人稱『蕙女士』，在神秘之中，帶點兒『五四』前後的意思。」

　　其後他分別寫了兩人的各自發展：郭良蕙精明能幹，

除了能好好地照顧家庭外，寫了很多書，還會用她天生漂亮的照片，在書內、書店裏及廣告上宣傳，在宴會上又有出色的交際能力，終於成為名氣甚大的作家而名利雙收。而侯榕生則與丈夫離了婚，寫作和文壇上的活動不多，卻熱心於吊嗓子、排身段、看戲、練戲等京劇人的活動，甚至叫出了「不願為作家，只願成名票」的口號。

　　兩位女作家走的路向不同，成就各異，但她們同樣都關心祥子。於是，祥子在文中開始敍述自己一九五〇年代學習寫作的經過，及婚姻生活的不如意。一九六〇年，他與 M 離了婚，又和 H 也分了居，個人生活陷於低潮，其時已成為名作家的郭良蕙和常常登台的名票侯榕生，都關心地問候他，安慰他，友情依然深厚。

　　其後祥子離開台灣，轉到香港生活，重要的原因是能在香港看京劇，又方便回老家北平遊覽。至此，很明顯了，這位祥子，就是我們認識的，不幸被祝融召去了的蕭銅！

　　　　　　　　　　　　　　　——二〇二一年六月

祥子的〈郭良蕙與侯榕生〉

一九六六年六月的《海光文藝》

《代馬輸卒》的前言後語

　　《代馬輸卒》五書中，最大的特色是前言後語特多。主事者為要使《代馬輸卒手記》一鳴驚人，在設計上下了點心思，請了張拓蕪一班好友鼎力支持。交出前言和後語的，有同鄉詩人羊令野、鼓勵他撐起來「刻字」的好友司馬中原、空軍戰友朱偉明等人的序，和鄧文來的跋，及他自己的代後記〈我的感謝〉，都是些談他如何掙扎奮鬥的事。

　　其實，最有實用價值的是排於序言之後，由白步執筆的〈不殘老兵──詩人沈甸訪問記〉，此文分「素描」和「訪問」兩部分，前者由白步描寫沈甸是個「在詩中尋求完美」，在「生活上探尋樂趣」的男子漢；後者則由白步問，沈甸答，來介紹他一生經歷，這部分其實就是沈甸的小傳，寫他的家鄉，寫他如何十四歲當兵離開，怎樣赴台，為何愛上文藝、寫詩……，是了解沈甸的入門。

　　此中有白步問及他的那部詩集時，沈甸這樣說：

　　　　那是我生平最難過的一件事，《五月狩》是我第一本，也是我唯一的，最後的一本詩集。我難過的是我在香港的朋友慕容羽軍先生和雲碧琳小姐，他們為這本小冊子賠了不少錢。這本詩集在台灣沒有發售，我也不

想發售，如今書也絕版了，唉，不談也罷！（頁 7~8）

　　這是沈甸唯一的一次談及《五月狩》，其實那本書十分好，只是那時候讀詩的風氣仍未養成，換了是現在？肯定能一版再版，不妨出本復刻版試試。

　　有那麼多人撰文支持，一九七六年四月出版的《代馬輸卒手記》一紙風行。到一九七八年出《代馬輸卒續記》時，《手記》已出了四版，可見甚受歡迎。主事者覺得那些前言後語很有用，於是，《續記》也來照辦煮碗，有羊令野的序和亮軒的〈說到心酸處，正是開顏時〉；書後則附錄了：趙玉明的〈拿金筆獎的殘小子〉、楚戈的〈真實就是一種美——讀《代馬輸卒手記》〉，和張拓蕪自己的〈後記：我寫，故我在〉及〈我寫《代馬輸卒手記》的動機和過程〉。

　　同樣的，《代馬輸卒續記》很快又見再版，因此，後來的幾冊，眾多的前言後語便成了這套書的慣例。在後面的《代馬輸卒餘記》、《補記》和《外記》的前言後語中，執筆者再有：司馬中原、羊令野、亮軒、三毛、張系國、張默、姜穆、覃雲生、李震洲、蕭蕭、趙玉明、楚戈、辛鬱、何其芳（不是大陸的那位）、魯禺等人，有些甚至是交出多過一篇的。

　　此中我特別有興趣的是附於《代馬輸卒餘記》中的三毛兩文：〈張拓蕪的傳奇〉和〈我的筆友張拓蕪〉。三毛的這兩篇文章寫於一九七六至七八年間。她原先是不認識

張拓蕪的，那一年，沉醉於愛河中的三毛回台灣省親，朋友贈她《代馬輸卒手記》，看後十分感動，便發表了〈張拓蕪的傳奇〉，並與張拓蕪成了筆友，認真地推介了他的書。三毛在〈張拓蕪的傳奇〉中這樣說：

> ……他的自傳，所以如此感人，正因為這是一個小人物對生命真誠坦白的描述，在他的文章裏，沒有怨恨，沒有偏激，有的只是老老實實、溫柔敦厚的平靜和安祥。（頁 192）

讀到這裏，我不禁掩卷嘆息，三毛就是因為沒有張拓蕪的「平靜和安祥」，所以走上了自我了結的不歸路，她的筆友沒法感染到她！

——二〇二一年八月十八日

《代馬輸卒外記》　　　《代馬輸卒餘記》
封面

《代馬輸卒外記》版權頁

爾雅題字::王北岳　爾雅篆印::張慕漁

封面設計::梁小良

有版檔·翻印必究

封面攝影::覃雲生

代馬輸卒外記（爾雅叢書之91）

作　者::張拓蕪

校　對::張拓蕪·胡建雄·郭錫侯·胡國光

發行人::柯青華

出版·發行::爾雅出版社

臺北郵政三〇一—一九〇號信箱

台北市廈門街一一三巷一二號之22（國泰永安大廈二樓）

電話::三九三四〇三六·三二一一〇二一

郵政劃撥::一〇四九二五號

印刷者::優文印刷廠

臺北市興寧街二十四號之九

中華民國七十年二月十日初版·民國七十年五月十日三版

行政院新聞局版臺業字第〇二六五號

定價70元（如破損或裝訂錯誤請寄回本社更換）

三個寫詩的少年

　　新近收到夕陽和柏雄傳來一張六十多年前的老照片，正面是一排三個英偉而斯文的少年，他們都把雙手置於身後，專注的望向鏡頭，想找甚麼？凝視甚麼？應該不是想透視六十多年後的今天吧！

　　照片的背面有四行由左而右，斜斜向上的記載：

　　　　攝于
　　　　　　賽西湖
　　　　　　1958~5~4
　　　　　　星島日報第四次旅行

　　《星島日報》學生園地版曾為投稿的文友辦過幾次旅行的事，我是早已知道的，而且還存有好幾張前輩們贈我的照片，可惜都沒有記載是何時舉行，照片中人是誰的紀錄，少有像這張般清晰的。

　　其實這些照片已是一甲子以前拍的，除了他們自己，你可以看出誰是誰嗎？

　　可幸此照的背後竟然有：滄海、徐柏雄、夕陽的簽名式。

　　右一的滄海是我瑪利諾神父教會學校的大師兄，他

是《向日葵》的十四位作者之一，在《向日葵》他的
《我的心在故鄉》那輯前，曾留字「給敬愛的苗痕兄。
巫國芬 2013/8」（苗痕是我早年的筆名，巫國芬是滄海
的原名）。

詩人徐柏雄六十年代在黃崖主編時期的《蕉風》發表不
少詩作，此中特別要談談的，是他發表於第一五七期，《蕉
風》創刊十周年紀念號的〈文章千古事‧回首十春秋〉。
這篇近七千字的文章，主要在寫香港一九五五至六五這十
年來的文壇實況。他認為「十年來的香港文壇，是未開的
花，未熟的果」。他以「推動文運的先驅」、「成名作家的
影響」、「新一代的朝氣」、「舊文學的衰頹」、「《蕉
風》與《文藝新潮》」、「發展的種種障礙」、「現代文學
美術協會」……等十三個副題，概述了香港十年來文壇的
演變，雖然未算特別深入，但也談到香港新詩的成就、影
評的趨向和文社的湧現。他介紹了大批當時的年輕作家，
也談到了《海瀾》、《人人文學》、《文壇》、《中國學
生周報》、《學友》、《華僑文藝》、《好望角》……
等重要的文學期刊，甚至連《新民報》及《新生晚報》內
戴天、李英豪、劉方和陸離四人輪寫的「四方談」也有介
紹，是我見過最翔實的單篇文章。

夕陽是活躍於一九五〇年代的詩人，他是青年文壇的大
推手，出版過《夕陽之歌》（香港麗虹出版社，1959）和
他與幾位好友合著的《擷星》（香港麗虹出版社，1960）；
《詩人俱樂部》、《月華詩刊》、《青年文叢》……等，

都是由夕陽推出來的，如果有人要研究一九五〇年代的青年文壇，夕陽是最佳的切入點！

──二〇二一年三月

三個寫詩的少年

照片背後

滄海的題字

詩人醉倒了（外一章）

承陸離、金炳興、陳可鵬諸友傳訊告知：詩人戴天醉倒了！黯然！

我與詩人認識多年，但相聚不多，主要是他每日無煙酒、鵝肝不歡，而我則已戒煙酒三十年，三高也止了我的美食不少，硬忍。一九九五至二千那幾年，戴天與我均旅居多倫多，不過，他在香港的時間多，我僅拜訪過他一次，是金炳興帶杜漸和我同去的。

那次造訪，是日間，沒開酒，戴天依然咬煙斗，抽煙絲，招呼我們的，則是鵝肝和美好的配食品。難得的是除了他本人外，戴天夫人及外母也來與我們清談。幾個男人都是愛書人，話題自然離不開書，後來還到地庫看戴天的藏書，可惜他在多倫多的時間少，藏書沒有擺放好，多年來都是重重的青山亂疊，裏面有多少寶貝，沒人知道。

內人不是文化圈人，每遇這種作家暢談的場合，伊總是默然不語，陷入自我的天地去。想不到我們看書回來卻見她與老夫人相談甚歡，我留心一聽，原來她們雖隔了一代人，卻同是被稱為「法國育嬰堂」的銅鑼灣聖保祿女書院的校友，兩人初見，話題卻甚多：校內的醫院啦，教堂啦，宿舍啦，校園啦，修女啦……，沒完沒了的。後來老夫人話題一轉，談到她戰時走難的舊事，説是甚麼也沒

帶，只帶了好幾張「五元」大鈔即可，拿一張出來，可以買下一間雜貨鋪⋯⋯對於我倆戰後出生的「後生」來說，聞所未聞，新鮮有趣。

那次以後不久，我收拾細軟從默西沙迦回流香港，全力陷入香港文學及中國三十年代文學的世界：淘書、尋寶、閱讀、寫作、出版⋯⋯就是那二十年生活的全部，都沒見過戴天，後來聽說老夫人走了，戴天夫人走了，戴天住老人院、染疾，都是朋友們告訴我的。對於在滾滾紅塵中已飄浮了七十多年的我來說，生老病死不過是老生常談，沒有極度的哀痛，徒增黯然神傷，無可奈何。

金炳興說得好：人生是一條列車，乘客將往不同的站頭，有些下車早，有些落車遲，如此而已！

——二〇二一年五月

戴天的書影　　戴天的書影
《矮人看戲》　《人鳥哲學》

外一章：《香港小事》之與詩人同席

赴宴，與詩人同席。

詩人性隨和，與同席人談笑風生。詩人能煙能酒，茅台一杯一杯的往喉裏灌。他有先見之明，甫坐下，即告午言：「一會我飲醉，你記得提我取回携來的東西。」

詩人抽煙斗，揭開煙盒，香氣四溢。「嘩，好香！」午言道。

詩人陶醉於煙酒中，道：「香則香矣！不過價甚昂。奢侈品！奢侈品！不是這麼高興的場合，我不抽那麼多。」

原來這小小一盒煙絲，半隻手掌般大，也真夠昂貴，是百元一盒。詩人道：「以前沒那麼貴，我一個月抽八盒，如今貴了，雖仍抽得起，但自覺太奢侈，減為每月五盒……」詩人日日賦詩為文，全為了煙絲和茅台。結果詩人盡一瓶茅台，未醉。語多而已。

詩人者，戴天是也。

──一九八七年八月十日

我與蕭輝楷師結緣

　　最近有人在網上為蕭輝楷先生設網站，勾起一段逝去的記憶：我與蕭先生結緣，始自《中國學生周報》通訊員組織內一份八開月報，叫《學生之家》的文藝刊物。

　　《學生之家》在一九六三年初辦了次徵文比賽，由陳虹（蕭輝楷）先生作評判。當時我初學寫作未幾，記不起是誰慫恿，膽粗粗參加了，卻僥倖得優異獎。同一文社的文友黃韶生（白勺、黃濟泓）也入圍，他為人比較活躍，也很懂尊師重道，喜歡接近長輩請教。那時候我和白勺感情很好，當大哥的跟着他到處跑，故此也到過蕭先生尖沙咀棉登徑府上。因為蕭師母不良於行，他們住在地面的那層，在少年人的眼中，這是件「大事」：一個男人為遷就妻子，肯住在大家都不喜歡的樓下，一定是個很愛家的好男人。

　　當時蕭先生在辦河洛出版社，出了本《知識生活》半月刊，我當時只是個中學生，用筆名苗痕寫了篇散文〈長堤〉，發表於一九六四年的一月號上。

　　一九七一年，我從官立文商夜校畢業，轉到華僑書院修中文系第四年，主修丁平老師的文學寫作。原來那年蕭先生也在那兒講哲學，我順勢作了副修，可惜只幾個月，堂數甚少，沒甚麼印象。

我寫過篇有關《中流》月刊的短文，其中有一段是寫蕭先生的，正好錄如下作結：

　　《中流》的內容以文化、歷史的評論和創作為主，作者群基本來自《中報週刊》原來的班底。我仔細的翻了翻，發現蕭輝楷（1926~1992）先生的文章甚多。他曾就讀於西南聯大、北京大學、台灣大學及東京大學研究所，專研哲學，也曾受業於沈從文及李廣田門下。他在此以蕭輝楷發表了〈中華之道與中流之道〉和〈從靈犀一點到億萬化身〉，又以方暐點評了李廣田的〈到橘子林去〉和沈從文的〈蕭蕭〉，以陳虹寫生活小簡〈當我們面對吹毛求疵者時〉和〈挑剔即是罪惡〉等。

——二〇二〇年八月十一日

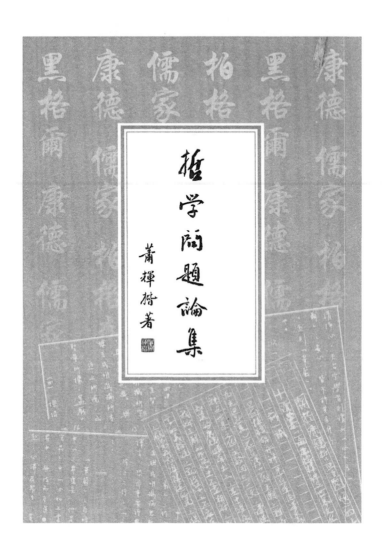

蕭輝楷新著：《哲學問題論集》

長堤

·痕苗·

景。

我喜歡長堤。每個黃昏我都到那裏看看書，或者欣賞一下落日的海景。

長堤是海傍的一條長石堤，風景篜是惹人的，儘管今天有幾片黑雲壓在半空，然而遊人卻沒有一些兒減少。我坐在堤上，拋下了魚絲，在這裏，我可以享受一份屬於我自己的沉默和追憶（到這兒來的人都不會喧嘩大叫的）。

近幾天來都患着情緒病，鯉魚門浮着一層薄霧。太陽交差去了，天空是白茫茫的一片灰白，蒼茫的海上只有兩三只海鷗還在那裏徘徊不去，這叫人看了有點傷感。在孤獨裏長成的人多少有點悲觀的，為什麼我不願寡和別人一樣喜歡作樂、逐鬧、上館子……而偏愛在這裏凝視一條永遠不會動的魚絲。

醞釀已久的風雨來了，人們狼狽的從身傍跑過。來吧！這場雨是適合的，洗淨我的靈魂、洗去盤踞心中的形象、洗去污穢、洗去過去。

我的魚絲動了，魚兒要上鈎了。可憐的小傢伙，何苦硬要把牠途給死神，我把牠拋回海裏！

雨下得更大，全身濕透了，我不願患上傷風，於是雕去。我的魚簍還是和來時候一樣空的，然而我的心靈卻是明淨如鏡、滿載而歸。

徵文揭曉

本刊舉辦之第二次「徵文比賽」，終於在青年朋友們的大力支持之下，結出了美滿的果實。現評選完竣，並訂於本（五）月十九日（星期日）晚，學術組「新舊組員聯歡大會」中頒獎（得獎者將專函通知）。茲將評選結果，分列如後：

第一名：「琴與花朵」作者伍清泉
第二名：「麥思」作者黃文初
第三名：「優大姐」作者陳政元

優異獎

「湖畔閒居」作者許定銘
「靈思的組曲」作者李仕俊
「請注意中國文字」作者陳龍健
「海上」作者伍清泉
「雨季三題」作者黃龍生

是次「徵文」優異作品，從本期起將一一刊出以饗讀者。

〈長堤〉發表於《知識生活》

徵文比賽揭曉

刻字的人——吳萱人永不言倦

　　刻字的人吳萱人是我六十年前認識的少年朋友，他如今是香港著名的詩人伊藥，文社史料專家、楊衢雲研究學者……著作等身，名銜多不勝數，不必我在此喋喋不休，今日我特別要談的，是他一門少人知道的技術——刻字。

　　要談「刻字」，得從五六十年前流行的文社刊物說起：一九六〇年代初期香港文社運動時，青少年們出版的社刊中，有「鉛印」的和「油印」的兩種。一般是有財力的，到印刷廠付錢「鉛印」出版；財力弱的，則是自己落手落腳「油印」。

　　「油印」是人手操作的印刷，當年要印幾十份的文件，像話劇的劇本，學校考試的試卷，都是「油印」的。「油印」的工具是白紙、謄寫鋼版、蠟紙、針筆、軟膠掃和油墨。過程是：把蠟紙擺放在那塊有極幼細橫直坑紋的謄寫鋼版上，然後用針筆在蠟紙上一筆一劃的寫字或繪圖。文章寫好了，把蠟紙壓在白紙上，再把少量油墨傾倒到蠟紙上，用軟膠掃抹一遍，油墨便會滲透過筆畫，落到白紙上。這是人手操作一張張的印，最後把印好的單張，用釘書機裝釘成冊。

　　那年代，「油印」是香港最普遍的廉價印刷術，不單用來印刷「小兒科」的青年期刊，甚至有用來印書的，尤以

印詩集較多，因為字數少，抄起來沒那麼辛苦。在某次舊書拍賣會中，有一冊「油印」本的《綠原詩叢》（文聲文社、華萃文社合編，1967），此書就是吳萱人抄寫的。記憶中，王辛笛、卞之琳和梁文星的詩集，都出過「油印」本，不知是否也是萱人抄寫的？這些「油印」本最多印三幾十冊，流通量低，卻是當時年輕人熱愛新詩的物證。

吳萱人是我輩中抄「油印」本的高手。這種印刷術不在於書法漂亮與否，重要的是一筆一劃都要是整齊的宋體，印出來才清晰可讀。萱人可能跟「師傅」學過，而且很有耐力，故此逢要抄「油印」，大家都推他出手。我手上還有一冊《浩虔文社創社周年特刊》，此書為三十二開本，出版於一九六五年，凡五十頁，約二萬字。想想要在蠟板及蠟紙上工工整整的爬二萬字，那種恆心和韌力，令人佩服！

近年有一次與盧文敏及萱人茶敍，萱人出示他的舊藏《野草》。《野草》是萱人主持浩虔文社時的油印本社刊，我未見過這冊十六開本一九六五年的第四期，更不知道裏面刊了盧澤漢（文敏）的〈孤獨的星‧寂寞的路〉。萱人請他在這本近五十年前出版的期刊上題字，作者欣然揮筆。他說盧澤漢這篇文章，當年在朋友中曾起過激動，特意把它轉到《野草》上與文友互勉！

重翻一遍《野草》，三十多頁的一本社刊，萱人花心思設計，封面漂亮，我們尤其要明白，那襯托野草的橫紋，是萱人一筆一畫在蠟紙上刻畫的。每年四期，每期刻

劃幾萬字那份耐力，那種默默的耕耘、無私的奉獻，我至今佩服得五體投地！

最近整理舊信札，得萱人信件及手稿近二十種，這些墨寶有個特色：份份都是下筆工整的「紅豆」。昔人描述工整漂亮的手書，稱之為「蠅頭小楷」，我認為「蠅頭」小則小矣，惜何其醜陋！我稱萱人之手書為「紅豆」，因它夠小、漂亮而有情意；「紅豆」之相思，不一定是情愛，深厚的情誼，也值得相思相念的。

萱人除了在蠟紙上刻字外，在信件及手稿上寫得工整而漂亮，其實也是耐心地刻出來的，每封信，多則兩三頁，少的都近滿紙，絕不馬虎潦草，可見其耐力比一般人特韌；至於手稿，更是工整得令人咋舌。

我現存的手稿有：〈香港文社潮五十一子〉、〈一本仍售三元的散文集——並激動文抄一篇〉、〈代變中看六七十年代文社運動承傳〉和〈從舒鷹到林琵琶〉等四種。這些手稿每篇都兩三頁，篇篇都幾千字，別說內容充實，如果我是編輯，單看那種氣勢，就先選出來看。

走筆至此，我突然記起：萱人不僅寫信、寫稿「刻字」，近年是出書都在「刻字」了。

萱人的詩集《地毯》（香港詩坊，2009）乃活頁手寫本。他在地震後訪汶川，覩大地狂毯後的瘡痍，引發昔日北遊種種淌血往事的回憶，心情悲痛、沉重發而為詩，用原稿紙手寫〈關子嶺〉、〈濠鏡靜〉、〈黃山醉〉、〈白鷺洲〉……等，痛哭神州大地慘遭浩劫的《地毯》十七

首，並請得蔡炎培及羅琅寫序，用厚卡紙特製帖成冊每次十本。手製詩集，彌足珍貴，據云至今僅製二十冊，我所得為編號八，何幸之有！

當大家都在用電腦的今天，萱人仍樂於「刻字」，古風僅存！

——二○二一年八月

吳萱人一筆一畫刻出來的《野草》

浩虔文社特刊內頁

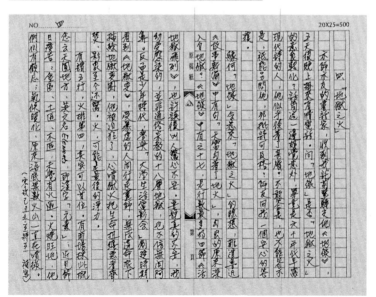

〈從舒鷹到林琵琶〉

《地獄》內頁

我怎樣寫作

　　近年我喜歡寫書話，是頗受唐弢影響的。唐弢是寫書話的高手，他在《晦庵書話》的序中，說這種文字「包括一點事實、一點掌故、一點觀點、一點抒情氣息；它給人以知識，也給人以藝術的享受」。其實，書話也是散文的一種，不過，它不能隨意的寫，而是要配合唐弢所說的「事實」、「掌故」、「觀點」和「抒情氣息」來寫，讀者才能從中得到知識和藝術享受。

　　我寫書話不喜歡人云亦云，別人寫過的，除非有特別發現，否則，我不會沾手。我喜歡發掘一些名不見經傳，或較少人提的作家和作品來寫，如：石懷池、馬蔭隱、成愛倫、葉永蓁……都是我所接觸過，而較少人知的作家。作家沒有名氣，並不代表他們寫得差。事實上，作家是否出名，和一部作品的是否叫座，不一定反映它的好壞，那是與其他很多因素扯上關係的。我評介無名作家和作品，不單可以為湮沒的寫作人平反，同時更可以為文學史補漏。不過，這是一項很艱巨的工作，因為那些藉藉無名的作家，作品一定少人收藏，想要找到他們的書和資料，是要靠點緣份的。因此，寫這種東西，必定要先有了珍本，才能根據資料慢慢發掘。摸下去，你才會愈摸愈大，趣味才會愈發濃厚。

舉個例：我三十多年前讀王瑤的《中國新文學史稿》，他提到葉永蓁的《小小十年》，說是本魯迅曾推薦過的長篇小說，給我留下了深刻的印象。魯迅曾提拔過不少文藝青年：蕭軍、蕭紅和葉紫都成了名家，但葉永蓁卻甚少人提到，甚至連現代文學辭典之類的工具書，對他的介紹亦簡單到極。可是，葉永蓁和他的《小小十年》卻一直埋在我的心底。直到若干年後，我終於找到了一本生活書店版的《小小十年》，便決心寫寫他。可惜，我雖然找到了書，卻仍找不到葉永蓁的個人資料，寫他的念頭只好擱下了。某次，我到一間閉架圖書館去看書，一時興起，想試試它的電腦書目，隨意寫了《小小十年》上去，它居然打出了上海春潮書局初版的《小小十年》。我喜出望外，立即借來看。真想不到它竟然是上下冊毛邊本的，和我那本厚厚一冊的內容沒有分別，但封面和插圖卻截然不同。為兩種不同版本的《小小十年》寫點東西的思潮又湧上來了，可是，我還是沒有葉永蓁的個人資料！

　　幾經辛苦，我終於查到了葉永蓁原名「葉會西」，再透過馬良春、李福田的《中國文學大辭典》（天津人民，1991）及蘭州大學劉國銘的《中國國民黨九千將領》（中華工商聯合出版社，1993）兩本書，才能為他寫了篇小傳，原來他是個寫東西的將軍，七十年代在台灣逝世。一篇〈兩種版本的《小小十年》〉才能面世（刊於二〇〇〇年四月《當代文藝》新八期）。這篇東西從孕育到出生，前後超過二十年，試想想我完稿時的那種興奮！能查到葉永

蓁叫葉會西，已經是一種機緣，查一位小說作者而翻《中國國民黨九千將領》，更是難得的靈感。否則，〈兩種版本的《小小十年》〉怎能完成？

　　資料貧乏固然難寫此類發掘無名作家的書話，但有時資料太多也很麻煩，想寫的書話便會變成了作家研究，比如我寫章衣萍就是。起先是我找到他賴以成名的《情書一束》、《衣萍書信》和《隨筆三種》等幾本書，隨意翻翻，感到他寫得還不錯，一般文學史是低貶了他，便想為他說句公道話。想不到一着手收集資料，卻意外地在前面所說的那間圖書館裏，居然找到很多本章衣萍早期的原版書，而且幾乎全是毛邊紙的靚書，加上我多年來所藏的，差不多有了章氏全部著述的八成，想寫篇書話的心態自然變成全面的研讀了。閉架書只能讀，不能外借，沒奈何，只好天天跑去圖書館，日日泡它四五小時，看得頭昏腦漲，〈情書專家章衣萍和他的作品〉（刊於二〇〇〇年四月《純文學》第二十四期）便在半個月內完成了。

　　葉永蓁埋在我心底二十多年，結果我只讀到《小小十年》和《浮生集》，寫了二三千字；我着手整理章衣萍只不過兩三個月，卻能讀到他十六部書，寫下萬多字，這完全在於「機緣」二字，強求不得。

　　寫這種資料性的書話，雖然費神且難產，但一想到能為無名者平反，能為文學史補漏，即使更辛苦，也是值得的。

——二〇〇四年五月

葉永蓁的《小小十年》　上海春潮書局初版
　　　　　　　　　　　《小小十年》下冊

章衣萍 (1900-1946)
因《情書一束》、《情
書二束》而於三十年代
走紅文壇；他的創作
以小説為主，亦寫新
詩和散文，還寫過幾
十本兒童書，可惜被
指為「反動文人」，在
現代文學史上得不到
文評家的重視。

不知那漫山遍野的梯
田是多少人日夜勞作
的結果，可以肯定的
是，任何第一次路過
的人，都不可能無動
於衷。……

〈相關文章見本期第88頁〉

章衣萍的《古廟集》 ｜ 〈情書專家章衣萍和他的作品〉
（刊於二〇〇〇年四月

107

跟少年人談寫作

　　我是從少年時代開始寫作的，那時候極少給學生投稿的園地，故此，教育學院畢業後，我一直有留意本港學生投稿及學生園地的實際情況。可惜事隔數十年，我發現可供學生投稿的園地仍很有限，少年人也很怕寫作，難怪本港的文學水平進展緩慢，有關當局是很應該重新檢討、改善的。

　　最近五年我在小學裏任職圖書館主任，向校方爭取得資源，出版一本校內的《學生園地》雙月刊供學生投稿，雖然只是薄薄的小冊子，但每期也能選刊約二十篇稿，給他們爭取了一些練筆的機會。可是，起初很少學生投稿，他們大多覺得生活沉悶，沒有甚麼可寫的。每期截稿前，我總要找些成績好的學生催稿。被我催得急了，他們多用堂上的作文來填數。

　　後來有些同學漸漸明白了堂上的命題作文只是學習的一種，不是自我抒發內心感受的好方法，終於懂得留意身邊的事物，從日常生活去找題材，稿件便愈來愈多，每期不單不用再催稿，甚至能作出汰弱留強的「選擇」。而最令我喜出望外的，是堂課上還在學寫句、段的一二年級學生，竟也提起筆來寫作投稿了。經過幾年的努力，我的這本原意專為三至六年級同學編印的《學生園地》，如今要

被迫多印不少，好讓愛讀書的一二年級學生索閱。

我們的《學生園地》生機蓬勃，花木愈長愈茂盛，一點也不是我的功勞，我只是提供了一塊園地，如果園丁們不來開墾、播種、灌溉，園地是決不會開花結果的。但，是不是只要大家不停地耕種，不停地播種，就能會有好收成呢？也不一定！我覺得還要靠園丁們去選擇好的種子，多吸收別人更佳的培植方法，收穫才會更美滿。

有人在讚美牛的偉大時說：「牠吃的是青草，搾出來的卻是牛奶。」人不是牛，當然不可能「吃草搾奶」，但一樣要進食，吸收營養，才能生存，才可為社會作出貢獻。大家見到別人考試成績好，學問高深，不要只是羨慕，應該多想想：為甚麼他會有那樣的成就？其實那完全是努力的成果，天下沒有不勞而獲的事情，連牛也得吃青草才能搾出牛奶呢！

同樣的道理，當你見到別人常常有機會在報刊上發表文章，千萬別以為人家特別聰明，特別有天份。其實他們也是不斷地吸收營養，不斷地嘗試，經過多次的失敗和努力，才能結今天的果的。

我說出這件事，絕非向大家誇耀我們的成功，而是告訴那些怕作文的同學，寫作其實一點也不可怕，只要你多留意身邊的事物、多讀、多寫，一定會成功的！

——二〇〇七年五月

幾間一九七〇年代開在快富街附近的書店

　　昨日在臉書上重貼我二〇一二年寫的〈二樓書店〉，有讀者留言：

　　　　新亞書店曾於 87~88 年在彌敦道近弼街開二樓書店，不知有否記錯。

　　我與新亞蘇兄認識六十年，對新亞書店歷史知之甚詳，隨手即答那位讀者「那不是新亞」。其後阿蘇卻答我說「是新亞，在中華書局樓上」。

　　我十分驚訝！一向對記憶很自負的我受到打擊：開始老人痴呆了！其實，是否痴呆一點不重要，因為新世代的人會患上此病的機率不低，只能「煮到嚟就食的無可奈何」；我常常掛在口邊的話「記憶是最不可靠的，一定要講史實」才重要，趁如今還清醒，就談談一九七〇年代，開在弼街鄰近「快富街」附近的幾間書店。

　　大約是一九七五年前後，那兒最大的書店是「馬健記圖書公司」，它開在亞皆老街與快富街之間的通菜街上，靠彌敦道那面的一〇九號左右，近千呎的鋪面，賣的多是

台灣出版，香港重印的通行書，以驚險、奇情、神怪的內容為主，頗受一般讀者歡迎，其門如市，生意相當好。

我之所以知道得那麼清楚，是因為創作書社就開在它對面的閣樓。我這人很隨便，對日子總記不牢，但地點卻錯不了，那是通菜街一一四號的利民大廈，在先施公司的背面。是間雜貨鋪存貨的自由閣，不從店內上樓，得利用大廈的大樓梯上十幾級，在升降機口即可見到。整個空間約二三百呎，有一排小窗向街，能清楚看到通菜街往來的人車，可以對窗羨慕馬健記的客似雲來。

此店有一整面的大門，有一兩呎高的巨石屎門檻，門檻兩邊要各放兩級活動的樓梯，出入十分不便，這樣的小「豆腐店」，當年也要六佰元月租，賣的是本地純文學創作外，還直接批訂台版冷門出版社的文學書。每次有人客來，木樓梯響兩聲上的，再來兩聲下的，除了聽「音樂」，認為它也有個保險，覺得偷書賊會嫌離開時太麻煩，不肯來。錯了，有次訂來了大批台灣「普天」的文學書，剛整理好，進來一個守規守矩的年輕人，把他帶來的書包放在新書堆上，看了一回書，沒買，跟我點頭微笑，禮貌地取回書包走了……事後我才發現他書包壓着的那疊新書，少了十幾本！這間創作書社只開了幾個月，後來就搬到灣仔的軒尼詩道去。

陳溢晃的正剛書局當時在快富街和西洋菜街的轉角處，距創作書社是一箭之遙，也開在閣樓，不過它有自由梯上落。百呎左右的小店，賣的以舊書及旅行書為主，因為溢

晃以逢星期日帶隊旅行謀生，書店只是聯絡站，旅行券則多交到友店代售。他的這間舊書店歷史悠久，就是現在的「香山學社」。

那段日子我住在洗衣街近太子道，伊利沙伯中學對面的伊利沙伯大廈。每日收店，會沿快富街走到洗衣街左轉回家。忽一日，見轉角處的閣樓開了間一兩百呎的小舊書店，上去看看，見店是新開的，書種相當不錯，但不是香港文學和新文學的，與我個人關係不大。於是搖電話給與我亦師亦友的匯文閣阿黃，那年代舊書貨源短缺，阿黃聞訊，立即從中環飛來，三幾下手勢搶書幾盒，花掉幾千塊，還留下名片，叫店主以後收到新貨，立即跟他聯絡。

這間只開了短時間的舊書店叫甚麼寶號，完全記不起來，他與匯文閣阿黃後來有沒有再交易也不知道，只記得那晚我賺了一餐豐富的「食為先海鮮」，算是有點小收穫！

——二○二一年四月

輯 之 二

李冰人的《郁達夫集外集》

　　李冰人編的《郁達夫集外集》（熱帶出版社，1958）初版才半年多，到一九五九年八月已要出增訂的再版，可見甚受歡迎。我的這本增訂版是三十二開本，內文二七〇頁，另加圖片、序文及後記等四十餘頁。

　　此書版權頁中，編者、出版社、印刷廠、版次、出版日期……均表列非常清楚，偏偏不註明出版地。經一番查考，知編者李冰人是南洋的名記者，四十年代與郁達夫曾有書信往來，抗戰期間曾被報社派往中國內到處採訪，寫過不少報道。七十年代被世界詩人大會宣布為「國際桂冠詩人」，獲巴基斯坦國立伯勒大學頒受榮譽博士學位。而本書則是馬來西亞，柔佛的麻坡所出。李冰人除了本書外，還與謝雲聲合編《郁達夫紀念集》（麻坡南洋熱帶出版社，1958），出過散文集《踏青散草》（麻坡南洋熱帶出版社，1958）、《黑夜無題草》（麻坡南洋熱帶出版社，1959）。

　　《郁達夫集外集》是同類書籍中出得較早的一本，共收郁達夫未結集的遺作三十多篇，包括小說一篇、論譯七篇、散文五篇、遊記一篇、懷舊二篇、日記三篇，書札二篇、自傳六篇、序文二篇、聯文二對和遺囑一篇。書前還有鄭子瑜和李冰人的序文各一、墨蹟六幀、照片三張和後記。

此書最值得一提的，是書後所收的五篇附錄：

易君左的〈晚霞一抹影池塘〉，敘說了郁達夫與王映霞的悲歡離合；佚名的〈郁達夫先生遇難前後〉，以巴雅公務當地人身分，細說郁達夫生命中最後幾年到失蹤前後的實況，資料詳盡、可信；李冰人的〈郁達夫的遺作和佚詩〉、〈郁達夫佚詩再鉤沉〉和〈再話郁達夫的佚詩〉，資料難得而功力深厚，乃研究者必讀的文章。

讀《郁達夫集外集》，與我印象最深的，是李冰人孜孜不倦的「苦集」精神，在本書的〈後記〉和〈再版的話〉中，李冰人詳述了收集這些文章及資料的艱苦，尤其郁達夫自撰的九章自傳，初版時只能找到四至九章；到書出版後，難得幾位有心人的協助，再找到第三章，故此我藏的這本《再版增訂》，內容才能更充實，但仍欠第一至二章。時至今日，更齊全的《郁達夫全集》早已出版，互聯網上隨時都可讀到完整的郁達夫自傳，但李冰人五十年代時的努力，我們是絕對不應忽視的。

書內有郁達夫〈乙酉年元旦遺囑〉，所述為遺產的分配方法，與一般人無異，最後一段卻令我感到意外：

> 余以筆名錄之著作，凡十餘種，迄今十餘年來，版稅一文未取，若有人代為向出版該書之上海北新書局交涉，則三書之在國內者，猶可得數萬元，然此乃未知之數，非確定財產，故不必書。

可見出版社對文人之欺壓由來已久，郁達夫如此大作家，尚且未得版稅，我輩曾被「騙」者，應該釋然？

　　上互聯網查「郁達夫」，得資料近二萬條，看十餘則，不禁搖頭歎息，居然有「省級」網站把「郁達夫」寫成「鬱達夫」。不錯，在簡體字中，「郁」等於「鬱」，既然是簡體字的網站，就用簡體吧，偏偏遇到無知的「好事之徒」，硬要把姓氏轉回繁體，弄出個「鬱達夫」來，我們真「無人」嗎？

——二〇〇〇年十一月

李冰人的《郁達夫集外集》

讀洪永起的
《雜書——閱讀現象的構成》

　　洪永起編的《雜書——閱讀現象的構成》（香港文化工房，2009）是本純書評的結集，這類書在坊間比較少見，理應受到重視。全書收近六十篇書評，以性質而言，前邊的「論人論現象」幾篇，是與書人書事有關的訪問稿，其餘的大部分則以書籍的出版地分為「外地一堆書」、「台灣一堆書」、「大陸一堆書」和「香港一堆書」等四輯。

　　本書編者洪永起是《文匯報》的編輯，該報的《讀書人》副刊有定期的書評欄目，特約海內外的書評家向讀者推介新出的單行本，頗受文化人歡迎。洪永起有見及此，便在專欄刊行近兩年後，精選該欄的書評數十篇彙成本冊，執筆者多為年輕學人，包括：張俊峰、鄧小樺、彭礪青、唐睿、鄭政恆、鄧正健、洪磬……等。

　　先別說書的內容，單外型及編輯技巧，《雜書》已深深吸引了我：比三十二開略闊的 14.5 x 18.5cm 本，擺在書架上顯見凸出；每頁版面一分為二，此為雜誌的優點，閱讀起來甚覺養眼，久讀亦不覺疲累。最難得的是編者絕不吝嗇版面，疏密編排合理以外，每編文章均配以原書影及畫家陳灝堂的針筆水彩插圖，加強對讀者的吸引。翻開版

權頁，原來編輯、插畫、畫版、校對均有專人負責，分工甚細。後讀洪永起刊於《文匯報》的〈文匯書評結集《雜書》上架〉，才知道他們在製作時曾經過多次商討，改了又改，可見製作非常認真。

在四輯書評中，「台灣一堆書」只佔四篇，「大陸一堆書」亦僅有七篇，編者的選編以外地書及本地書為主。

所謂「外地一堆書」，是指外文書和翻譯書，此中有藝術、歷史、哲學、文化現象、小說……等多種類型，談到村上隆的《藝術創業論》、丹尼爾·門德爾松和米高·基里頓的推理、勒·克萊齊奧的《沙漠》……。我比較有興趣的是建吾介紹，下川裕治的《從日本下車的年輕人》，此書寫的是現時非常流行的「外蔽青年」——把青春陶醉在流浪歲月的年輕旅人，他們浪蕩於曼谷那樣悠閒的城市中，隨處喝酒、午睡、玩樂、享受人生……，頗有點一九六〇年代嬉皮士的作風，也像鏡頭下用斜眼瞄人的「犀利哥」！

其實我更愛「香港一堆書」，到底是「鄉土味」濃，像馬家輝的《死在這裏也不錯》、西西《我的喬治亞》、許迪鏘的《形勢比人強》和廖偉棠的《黑雨將至》，都勾起我閱讀的意慾；尤其呂大樂的《號外三十》，更引起我褪色歲月的回憶：我們那一代人誰不知道在「一山書店」內擺賣的《號外》，開度闊大，插圖前衛的《號外》，是一九七〇年代文化人喜愛的雜誌，只是誰也沒料到那一份熱誠竟然延展到三十多年後的今天！

一篇好的書評，除了有條理地給讀者介紹好書外，還附有引起讀者購買閱讀的目的，就這點而論，《雜書》內的大部分文章多能達到。有人談到《雜書》時，説內容雜而風格不統一是它的缺失，我則持另一種看法，我們不妨把《雜書》看成一個集合世界各地食品的「美食廣場」，食客徜徉其間，各取所愛，不是更好嗎？

——二〇一〇年六月

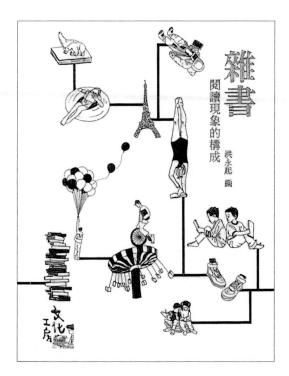

《雜書——閱讀現象的構成》封面

三城藝行——
讀梁慧珍的《憂·由·遊》

　　當普通的觀光旅遊無法滿足年輕的、求知慾強烈而熾熱的青春生命，專題的旅程，像購物、美食、生態、訪古、考古……等便應運而生，而混合式的自由行，更是年輕人心儀嚮往的節目。試想想：當你拋棄了日常生活及人事的壓力，背上輕盈的行囊，哼着個人心愛的小調，走進你夢想已久的土地，看美麗的景緻，尋找個人熱愛的嗜好……，那種自由、那種歡樂，夫復何求？

　　梁慧珍是個舞台劇的「發燒友」，同時也熱愛旅遊，二〇〇八至〇九年間，她為自己「度身定造」了一次「觀劇＋漫遊」的台灣、北京及新加坡三地的混合自由行。回來以後，把這趟愜意的歷程，化成優美的圖文記錄，取名《憂·由·遊》供諸同好，一為自己的足跡留下停駐及甜美的回顧，二為後來者提供了拓墾者的路線圖。

　　《憂·由·遊》是本糅合了旅遊、文學與戲劇於一爐的作品。全書以地域分成三輯，每輯由「相片故事」、「演出評論」和「觀察與思考」組成。「相片故事」先奉上名勝景點的照片，然後用圖解、散文、小說插入其中，這些文字有簡單的說明，有歷史的敍述，有情意的抒發，也有旅遊中突發

的奇想，可見作者在隨意漫遊這段日子裏，是情意泛濫的。

梁慧珍每到一處決非隨意逗留幾天，看看名勝古跡就滿意。她這次旅程最主要的目的是為了「觀劇」：到台灣去，她奔波於高雄、新竹、台北和淡水之間，看了「差事劇團」和「雲門舞集」等的好幾部劇；到北京，她去看了上演逾百場的《戀愛的犀牛》和天津人民藝術劇院的《仲夏夜之夢》；到新加坡八天，逗留的時間最短，但觀劇最多，竟達八齣。這種奔波勞累，對不好此道的人來說，套句俗語是「揞苦來辛」，但梁慧珍卻甘之如飴，最後還為每齣劇寫下評論，述說了個人的觀感。每地行程完結，更深思熟慮記下《觀察與思考》總結，作為下次旅程的參考。探險家李樂詩也熱愛旅遊，每次到外地探險回來也愛出書作總結，不知梁慧珍會不會也立下宏願：看盡天下的舞台劇？

這種以圖文及多種主題混合體的新作品，近年開始流行於年輕讀者之間，應該有一定的銷路。能掌握得好，還很可能成為具文學價值的專書。你是否有興趣也來一趟「逛書店＋漫遊」、「嚐紅酒＋漫遊」、「觀石＋漫遊」……，或者來次自訂的歡樂行？

梁慧珍文筆流暢而感性，在年輕寫作人中相當不錯，將來應有作為，可惜間中為了迎合年輕讀者的「無厘頭」愛好，有時故作輕鬆幽默，慎防「走火入魔」，起碼在本書的命名上就過份「新潮」了。

——二〇一〇年六月

讀劉燕萍的《女性·命運》

劉燕萍的《女性·命運》是本戲曲和電影的專著，全書十篇論文中，除了作為緒論的〈從粵劇到粵劇電影〉和附錄的〈文學改編戲曲電影片目〉外，其餘八篇均為研究由戲曲改編成電影的論文，此中包括了：《帝女花》、《柳毅傳書》、《唐伯虎點秋香》、《紅娘》、《蘇小妹》、《九天玄女》和《紫釵記》等七種名劇，內中主角均以女性為主，作者透過這些劇種，主要探討女性在古戲曲及用它們改編成電影的素材中，「女性」的種種不同際遇，並展示出由不同性格而演化出不同的「命運」。

全書的重點在分成上下兩篇的〈性格與命運──論《帝女花》的改編〉。劉燕萍在研究中指出：《帝女花》最重要的戲本是清黃燮清所撰的，和現時流行由唐滌生改編的兩種。雖然取材同為長平公主和周世顯的愛情悲劇，但由於改編者的方向和學養不同，內容的偏差頗大。黃著《帝女花》的重點在亂世，對情愛着墨不多，劇中的公主，雖然具烈女般的傲骨，最後也鬱鬱而終；但唐著《帝女花》卻以亂世為背景，以亂世中的情愛為重點，劇中的公主，性情剛烈，處處採取主動，最終雖也難逃一死，卻是自主行為，且得駙馬相隨殉情，明顯對讀者更具吸引力，成就更高。透過對這兩個劇種的探討，顯示出兩種不同的性

格，即得出兩種不同的結局，暗喻了作者「性格可以改變命運」的理念！

「女性」在古代的社會裏，常被視為「人」中的低下層，是被勞役的對象，是卑微的代名詞。劉燕萍最看不過眼，她着意從古戲曲改編成的電影中，搜尋一些以女性作主角的電影，剖析這些女性在故事中的地位，並指出她們在戲中角色表現的「叛逆性」和「喜劇性」的典型。如在〈《唐伯虎點秋香》中的不協調元素〉裏，她指出秋香以婢女的賤民階級身分，卻能多次戲弄具解元地位的才子，是利用了本身「漂亮」的條件，在被追求的過程中，操控了事件演化的進程。這種不協調及不可能發生的事件，在戲劇中演化成可笑的情節，吸引了觀眾埋藏內心的反叛意識，因而提高收視率，達到編劇者的目的。

又如〈「蘇小妹」戲曲電影——從難題求婚到妒婦故事〉中的蘇小妹，用自己的學養與智慧去刁難新婚的夫婿；〈採選、搶婚與火殉——論《九天玄女》〉中，述說男女主角的情愛，在肉體上雖被侵犯，最終投進火中殉情，但他們卻能以不屈的堅毅意志，在精神上取得勝利；〈在蔣防《霍小玉傳》與粵劇《紫釵記》〉中，述說唐滌生改篇《紫釵記》裏的李益，以「權勢盡看輕，只知愛情重」的痴情去愛霍小玉，因而轉變了悲劇的命運，也是「性格改變命運」的好例子。

劉燕萍是香港大學的博士，現任教於嶺南大學中文系，教授的科目以古典小説及戲曲、神話為主，她《女性‧命

運》中這些戲曲與電影的文章，本來都是深奧、苦澀的學術論文，可幸她寫得條理分明，每篇均是先有「緒論」，然後是具標題的引論、比較及論證，最後還有明確的「結論」，即使對戲曲一竅不通的讀者，也很能接受，讀後對粵劇電影的知識增益不少！

——二〇一〇年六月

劉燕萍的《女性‧命運》

詩人的左手——
讀潘步釗的《美哉少年》

　　如果沒記錯， 潘步釗是以詩人的身分躋進香港文壇的。 不知從何時開始， 詩人除了用右手寫詩外， 還用左手寫散文，這令我想起一九六〇年代的余光中。余光中早在一九五〇年代已出過詩集《舟子的悲歌》、《藍色的羽毛》……等四本詩集，某日忽發奇想，把詩句的形象細意長流，流出了感情豐富的《左手的繆斯》，然後是《望鄉的牧神》、《焚鶴人》……，我深深地感到，詩人以詩意雕琢出來的這些散文，似乎較他的詩更勝一籌。

　　我不是說潘步釗可與余光中比，而是感覺到他正循着這條路慢慢摸索， 除了詩，他耕耘了《今夜巴黎看不見日落》、《方寸之間》和《邯鄲記》之後，現在又推出了《美哉少年》，比他的詩集確實要多出不少。

　　《美哉少年》收散文二十四篇，是二〇〇二年《邯鄲記》後八年間的選集。八年絕不是短日子，人生中的八年可以有很大變化，尤其像潘步釗這樣有上進心的青年，八年可以幹的事很多，他在自序中說：

　　　　這本集子的文章仍和過去一樣，反映了我對生活，

特別是都市生活的感覺和反思，時事、政治、遊歷、女兒、朋友、學生和教學，城市的尋常百姓，喃喃自語，有些刻骨銘心，有些若即若離。每一篇文章於我都有獨特意義，正因為時光飄逝，停留在其中的情感觸動和思緒，更加值得我此刻回望。

潘步釗是香港土生土長的「六十後」，他能享受到九年免費教育，是家中較小的孩子，在父母兄長的愛護下成長，不用「勒實肚皮」苦讀，相對於我們捱過肚餓，想寫字也沒有紙筆的「四十後」來說，真是幸福的一代。不過，他走過的也不是平坦大道，寒窗刻苦而得來的多個學位，從小學教師到中學校長，是憑着堅毅的鬥志得來的。

一個肯刻苦而觀察力敏銳的精靈，眼看着這幾十年香港社會的轉變，他融入其中，看非典肺炎，看巴士阿叔，看董建華，看教育改革……，看我們社會的世道人情，然後在「昏黃燈影下落寞下筆」，這就是潘步釗要給我們看的《美哉少年》，也是所有從香港成長起來的一代所該看的。

我比較喜歡的，是他集內的抒情文字，比如〈雙城印象〉，本來是上海和杭州的遊記，但他在旅遊中融入了記憶和往昔的印象，思想飛快地聯繫上已成歷史的人物。從現在的上海，勾起了四十年代張愛玲的〈沉香屑〉；在今天的江南小鎮，連上了三十年代風雨欲來時的卞之琳；在西湖邊看櫻花，想到了蘇東坡、白居易、白素貞……。詩

人的思想是奔放的，流竄於古今的浪漫，濃縮在他跳躍的文字中。

其實，我也很喜歡〈我在樓梯的轉角處看見她〉和〈我的好朋友賴俊榮〉。

〈我在樓梯的轉角處看見她〉寫自閉、弱聽的她，智障、暴躁、愛說粗話的德榮，和他這位特殊教育老師之間的故事，用實例給我們的特殊教育把脈、剖析，感性而親切的事例，勝過研討會的空話多多，很能喚起讀者的同情和關愛。

賴俊榮其實不是他的朋友，在〈我的好朋友賴俊榮〉中，潘步釗剪出了生命中的片段，記下他在泳池中偶遇一個人在習泳的小孩子賴俊榮，兩條不同的生命，在發展中的某一個點相遇了，衍生出人世之巧合，把兩個年齡差距不少的陌生人拉在一起……。這本來是不錯的小說題材，寫散文會不會有點浪費？

潘步釗的散文多從個人本身出發，寫身邊熟悉而又親切的瑣事，描繪給我們一幕幕人生，掌握文字運用能力頗強，且大多以個人思想意識為主，具獨特的風格，是詩意的散文。

不知他在用左手寫散文之時，會不會停了寫詩的右手？

——二〇一〇年七月

潘步釗的《美哉少年》

讀蔡益懷的《妙筆生花》

　　過去幾十年我一直在學校裏教中國語文，同時指導學生寫作，與此同時也讀了不少教人寫作的工具書；積數十年經驗得出的結果：一本好的指導寫作課外書，必需具備以下三個條件：

　　一、作者本人要是位寫作經驗豐富的作家：教人寫作，本來就是經驗之談。寫作者在長期寫作的摸索後，發現了一些寫作的竅門，把自己辛勞工作而積存的捷徑告訴後來者，以免他們碰到焦頭爛額還找不到出路，本來是件好事，然而，事實卻並非如此。一些略懂寫作之徒，往往為了謀生或賺取更多，找本修辭學的書，硬把修辭術語套進寫作慣例中交差即結集成書，連他們自己讀起來也似懂非懂。這種濫竽充數的工具書，經常令讀者摸不着邊際，愈讀愈糊塗，不如不讀！

　　二、舉例要顯淺明確：談修辭，無可避免會提到諸如比喻、借代、對偶、排比……等等一大堆枯燥的名詞，對學習寫作者來說，若不深入理解，不單容易混淆，還會為它們束縛，到運用時便無所適從，自尋煩惱。故此，寫作者在談修辭時，必需明確地舉例，而這些例子還要顯淺易明，絕對不可賣弄學養而特意舉些深奧刁鑽的事例，因讀者多為自學的初哥，難以找到可指導的師長。

三、寫作者在大談修辭及寫作技巧以後，最好能選些名作，指導讀者欣賞，使大家明白哪些文章寫得好，怎樣好，讀者才能有所依循，步向成功之途。

　　蔡益懷的《妙筆生花》（香港練習文化實驗室有限公司，2016）就是具備了以上條件的指導寫作工具書！

　　蔡益懷是位文學博士，一九八〇年代開始寫作，創作了不少散文小說，又從事文學評論及學術研究，是位有學養、有真正寫作經驗的過來人。由他以三十多年的寫作經驗來指導初學者寫作，是駕輕就熟，綽綽有餘。

　　《妙筆生花》主要分「寫作篇」和「導讀篇」兩部分。「寫作篇」又分美妙的中文、增進文辭之美、提升表達技巧和寫作基本法四輯，指導初學寫作者如何注意修辭，怎樣用技巧去提升其作品的文學水平；「導讀篇」則選析了胡適、夏丏尊、豐子愷、老舍……等名家的傑作，協助提升讀者的鑒賞力，使他們知道那些文章才是高水平的文學作品，文章究竟好在哪裏？

　　我前面說過，好的工具書在談修辭時，要用顯淺明確的例子。蔡益懷在談「明喻」時，不單指出了：如、像、似、若、猶如、彷彿……等常用的語詞，還引述了朱自清的〈荷塘月色〉作例子，明確地指出他使用「明喻」的地方。朱自清的〈荷塘月色〉是中國新文學的名篇，幾乎是所有中學生都讀過的作品，以此為例截段分析，可說是人人明白，讀之，隨即入腦而印象深刻，獲益匪淺。

　　又如他在賞析老舍〈濟南的春天〉時，它的命題即為

〈融情於景　山水有靈〉，已用題目點出了該文的精髓，欣賞時即循着這條線索去思考，而最終領略出「作者在寫作中始終緊扣『情』與『景』，以情為內蘊，以景為表象，融情於景，令整幅冬日丹青充滿詩情畫意。」（頁 233）

事實上，除了本書的主體，我覺得作為序言的〈寫作，從「心」出發〉和作為附錄的〈功夫不欺人——跟老舍學寫作〉，都是不容錯過的精品。

在〈寫作，從「心」出發〉裏，蔡益懷強調了寫作是要有心的，作者要把自己融入文章去，才是好的作品。他說：

> 藝術創作只能從「心」出發，而且只有心源才是藝術創作的真正源頭，所有有意義的文學創作是從這個心泉裏流出來的文字之流。（頁 11）⋯⋯要寫出動人心弦文字，須與自然萬物保持一種相通相映的關係，與自然對話，與蒼生對話，而最要緊的是與自己對話，叩問自己的靈魂。（頁 16）

他這番話，對初學者來說，是一番金石良言。

蔡益懷是老舍的崇拜者，在〈功夫不欺人——跟老舍學寫作〉中，他肯定了老舍「是一個講述地道中國故事，真正有中國氣派的」大家，他透過老舍的《寫與讀》（香港三聯）總結他寫作的特點是「學好語文，砥礪基本功」、「通俗自然，力避陳腔濫調」和「向生活學習語言」。事實上，老舍寫作的這三種特點，不單是蔡益懷要學習的，

而是所有寫作者人都應該學習的！

　　到這裏，很可能有人會問：讀了《妙筆生花》，就可以解決寫作問題了？

　　非也！舉個簡單的例子，你得了本武林秘笈，武功就能天下無敵，獨步武林了？當然不是，你還得參透內容，勤下苦功，他日才有成就。同樣的，你想文章寫得好，不是讀了《妙筆生花》就算，你還要參透書的內容，多寫、多嘗試，才能打開成功的大門，跨進門檻去！

——二〇一七年一月

蔡益懷的《妙筆生花》

讀陳穎怡的《死者，與她的島》

　　本業教師的陳穎怡，是本地著名的八十後詩人，她二〇〇五年開始創作，曾奪「青年文學獎」高級組季軍，她的作品也曾被選入《香港詩選》和《詩性家園——香港 80 後十位女詩人》中。

　　她在《詩性家園——香港 80 後十位女詩人》被選的五首作品是：〈季渡〉、〈已然不在〉、〈木棉樹〉、〈死者，與她的島〉和〈我要說起來玻璃和種子麼〉。崑南在論述八十後的女詩人時，說陳穎怡的這幾首詩作：

> 　　……就是這樣，她在你的身邊，什麼也可以談，像閒話家常的一份子，親切、稔熟，就算她講了一大堆你還未懂的東西。……有人說，神秘就像吃不盡的麵條。陳穎怡的詩，總會給你這樣的感覺。很溫暖，很生活，但你仍然陷入恍惚迷離之中。

　　即是說：陳穎怡的詩很生活化，卻把日常的事寫得很神秘。

　　只曾入選過詩選合集的陳穎怡，在創作十年後的今天，終於出版了首本個人專集《死者，與她的島》。此書內的近七十首詩，大部分是按寫作時間順序編排的，這些詩創

作紀錄着詩人從二〇〇五至二〇一五這十年來的創作歷程。古語云「三年有成」，而我們的詩人卻默默地耕耘了十年，把她的詩作發表在本地的詩刊上。今次把歷來的作品結集成《死者，與她的島》，是她交出來努力了十年的成績表。

初學寫作的年輕詩人，常會感到素材難尋，慨歎「煙士披里臣」之不來，而苦苦無法下筆。其實只要你鍥而不捨，專注下去，到得後來，觸感靈敏，生活上的一切，都是詩材，可輕易操控，隨手揮來，自可成詩。

我不是說陳穎怡已達到這層次，但，翻開《死者，與她的島》，你可以讀到她的思維，可以感受到她的愛戀，她乘車、看風景、閱讀、溜街……，生活上的種種遭遇，所見的人事，盡入詩中。其中一首〈旁觀詩人的愛情詩〉相當有趣，她一開始就說「男孩和女孩，也寫詩」，然後說「女孩寫詩，只想嫁」，而「男孩寫詩，像倒數」。詩人努力地硬要把男孩、女孩寫詩的目的明朗化，最後的結論是：

　　日光之下無新事
　　但是男孩和女孩到 80 歲還旁若無人
　　一起寫、分開寫詩
　　就很幸福
　　就很 chok

詩人的重點在說明：無論是男是女，一旦愛上了詩，就應該貫徹始終，直到八十歲（暗喻生命的盡頭）都不放

棄。這似乎是現代詩人的「生命詩觀」，此所以無論有天份或無天份的詩人，都緊緊地抱着詩意不放。

當詩人有了好一段詩齡，總喜歡創新，以顯示自己的與眾不同，《死者，與她的島》中有一首〈罅隙其一・棄嬰〉，與其他的幾十首格格不入，全詩不短，我只引幾句讓大家欣賞：

> 果一日我兜左好耐
> 兜厘兜去
> 最後去左呢度
> 我從來無厘過呢度
> 周圍無人，又無車
> 我就將張梳化搬去橋底
> 最後一件傢俬都送走啦我以為
> 我會鬆一口氣

是棄嬰也好，棄梳化也好，她是在幹一件不想讓人知道的勾當。這首用本地廣東話寫成的詩，大家讀起來有沒有親切感，還是覺得很突兀？恐怕難以回答！

用廣東話及粗口入詩，本來是蔡炎培慣用的手勢，我不反對創新，但我感到創作一定要優於傳統，否則創新何用？

我們期待陳穎怡在嘗試以後會有更大的收穫！

——二〇一七年五月

《死者，與她的島》書影

感受詩人的氣場——
讀蔡炎培的《偶有佳作》

　　號稱「做八十年人寫八十年詩」的蔡炎培，近年在報刊上發表不少詩文，很多朋友讀了，都説：不懂！很難懂！

　　不懂，就是完全不明白；很難懂，就是似懂非懂，像霧又像花。這是讀者的層次問題。

　　你問我懂不懂？

　　我告訴你：讀詩，千萬別深究懂多少，明白了多少，你應該問自己感受了多少。

　　我時常都説：詩，是一種「私器」，是為特定的人而寫的，詩人哪會理你看得懂，還是不懂。最重要的是：受詩的那方明白。那麼，詩直接送給那人就是，發表來幹嗎？也不然。套句近年流行的老話「問世間，情是何物」，儘管你無法了解「情」的因子，卻因人的際遇各異，對「情」的理解亦不盡相同。此所以，詩，在不同的讀者之間，會有不同程度的感受，有些人可能讀得很感動哩。

　　要了解一位詩人，最重要的是認識他的過去。蔡炎培是成名甚早，且詩齡很長的香港現代詩人，他一九五〇年代初開始寫詩，是創刊於一九五五年的《詩朵》底始創者

之一，是當時年輕詩壇上的主要人物。

　　一九五〇年代中，香港亞洲出版社辦過一次不分名次的徵文比賽，後來出了本由謝克平編的《香港學生創作集》（香港亞洲出版社，1956）。本書排在最前的，就是當時還在培正中學讀書的蔡炎培，他說要〈為我們這一代歌唱〉，要唱出他們的心聲。詩人倔強地、默默地唱了超過半個世紀有多，從《小詩三卷》到《變種的紅豆》到《中國時間》⋯⋯到《離鳩譜》，詩集一本一本面世，從無怨言，從不後悔，此中是苦、是甜，不足，也不必為外人道，只有他自己最清楚。

　　如此資深的詩人，你會懷疑他不懂寫詩？

　　你看不懂，感受不深，也不是你水平不夠，只是你接收不到他傳遞的電波而已。

　　其實，要更明確地了解蔡詩人的詩，不妨用習武的過程來作個比喻：習武的初哥，注重招式，一板一眼，很有姿勢；其實很可能只是花拳繡腿，好看而不實用。漸漸有了進境，現出了拳風、勁道、氣勢。到爐火純青時，大師坐在那兒，雖如老僧入定，周遭卻似有一股氣場，見不到，摸不着，但尋常人卻無法接近，自有其懾人的氣勢，摘葉可以傷人。

　　蔡詩人之詩，大概也作如是觀：你只能感受他的氣場！至於感受到多少，因人而異！

　　我行我素的蔡詩人，最近又推出了詩文集《偶有佳作》。此書分兩輯：輯一《喂》，收詩創作數十首；輯二

《散落的一章》，收〈徐訏〉、〈一把民初的聲音──余秀華印象〉、〈培正與現代漢詩〉……等幾篇「蔡式」詩意散文、小説。在〈北島《回答》及其他〉中，詩人談到詩的主題時説：

　　……個人實在不明白「主題」是什麼！特別是詩，生命是她唯一的主題。

在談文體時，他説：

　　我敢斷言，任何文體寫得最好的時候必然接近詩。

綜合他這兩句話，即是説：無論體裁如何，寫得最好的文章就是詩，而詩就是生命！

今後，如果你要讀「蔡詩」，就用這把尺去衡量好了。

《偶有佳作》中的幾十首詩，雖然多是近年寫的，你以為必然全部「玄之又玄」，卻又未必，像〈貧窮線上〉：

　　一架木頭車一個老婦
　　一車子紙皮過期雜誌舊報紙
　　依稀是有作家的手卷
　　佝僂地，拖曳着長長大馬路
　　車來車往　　一輛
　　專線小巴慌忙急剎掣

司機大佬破口大罵
老婦人懵然不覺
紅綠燈前
我們的斑馬佬教人過馬路

　　有情景、有動感，既能反映社會現實，也訴說了作家和低下層大眾的悲哀，是「蔡式詩」少有的明朗佳作。
　　至於其他的創作，爺孫的閒情對話、書信往來、思想脈絡、閱讀札記……在詩人手下盡是詩篇，其中不能不提〈傘前傘後〉：

傘前

浪漫的人
雨中踽踽獨行
深巷
猶有賣花聲

傘後

有說
夢中不識歸路
夢醒

人也散了

篤撐　　查撐
篤篤撐

還可以揣摩、感受，至於輯一最後那首〈喂〉：

喂，
你好嗎？

全詩就這句，你有何看法？
讀《偶有佳作》，是感受詩人的氣場，看詩人的「摘生活狂舞」，你可以讀，可以不讀，任君選擇！

——二〇一七年五月

後記：我讀的是《偶有佳作》申請出版時的初稿。書出版時可能有所增刪，調動，或許略有不同。

閱讀一個文學教授的靈魂——
讀陳國球的《香港・文學：影與響》

　　香港教育大學人文學院院長陳國球教授，是本地著名的學者，他近年最重要的學術活動是推動及主編了十二卷本的《香港文學大系（1919~1949）》，為香港文學奠定了殿堂的基石；而其學術論著如《傷感的旅程：在香港讀文學》（台灣學生書局，2003）、《抒情中國論》（香港三聯書店，2013）及《香港的抒情史》（香港中文大學，2016）……等，均為擲地有聲的香港文學研究成果，可見他在香港文學研究方面成績斐然。

　　最近陳教授又推出新著《香港・文學：影與響》（香港練習文化，2017），他在後記中說此書中的數十篇文章為「塗鴉式的非學術性文稿」，又稱之為「蕪文雜記」，實在太謙了。

　　本書共分「歲華荏苒」、「映雪囊螢」、「縱以清談」和「鏡本無像」等四輯。「鏡本無像」收王德威、陳智德、葉輝、劉偉成及鄭政恆等人，對陳國球學術研究肯定的推許。「縱以清談」收陳國球與陳平原、李歐梵、藤井省三、柳書琴等學者在學術研討會上的清談，及各報刊對陳教授的訪問；雖說是閒話，卻也條理分明，言之有物，

有系統地鋪陳出他底研究的方向。「映雪囊螢」則是他為陳智德、鄭蕾、潘步釧、唐滌生、鷗外鷗等人的新書寫序或學術研究，在在透射出其獨特的視野。「歲華荏苒」則是他成長歲月的記憶，抒發其對本土的深情及親情，可見教授在埋首苦鑽學術以外，還是個有情有義的靈魂。從以上輕輕的接觸，也可以看到陳國球口中的所謂「塗鴉式的非學術性蕪文」其實也相當學術的。

此中我個人特別喜歡「歲華荏苒」中的〈樹影間的大角嘴〉、〈憶昔買書在香港──中學篇〉和〈北角光影與香港文學記憶〉。

我的少年時代住在長沙灣的蘇屋邨，甚少去大角嘴，如果不是讀他的鴻文，我真沒留意到那地區竟有那麼多以樹為名的街道，更沒留意到那些在歲月的侵蝕中慢慢的變化，讓舊日的色彩風物無聲無息地消失。不過，感動我的不是這些，是他爸爸用慣於撫弄淮山藥鹿茸片花旗參，且常常揮灑蘸滿鄉情筆桿，溫暖而厚實的大手，拖着他的小手，帶他去探望鄉里，帶他去郵局寄回鄉包裹，帶他去剪髮、看書、買書……，絕不強逼他學習，而讓他自由發揮，選擇自己摯愛的嗜好，那份濃濃的父子情，深深地感動了我，使我更確定家教的重要，看來陳教授能成為著名學者的榮譽，功勞要分一大截給他父親！

在〈憶昔買書在香港──中學篇〉中，陳國球買書的足跡：從旺角到中環、到灣仔、到北角，這條迂迴的愛書路，同樣也是我的足跡，只是我比他走早了十年八載，此

所以他們一群年紀相若的愛書大學生，可以在一九七〇年代中葉以後，到創作書社廉價買書，常客像王宏志、李焯然、容世誠、陳國球、劉智鵬……等，如今都成為舉世聞名的學者，乃係與我早有緣份的愛書人。

上面提到的三篇文章中，其實我最愛的是〈北角光影與香港文學記憶〉，陳國球在北角住了十年，我自一九八〇年起至今，住得更久，他提到的街道、風景、人情，都是我們生活的地方日常接觸到的景物，只是我沒有他的詩境觸覺，用李育中的〈維多利亞市北角〉、馬朗的〈北角之夜〉和也斯的〈北角汽車渡海碼頭〉，組成一輯抒情，穿越了一九三四、一九五七和一九七四年的時空，把小上海的百年文化溶入二〇〇七年的光與影底記憶中，是文學教授詩意靈魂的舞躍，是香港文化人的故鄉夢影。

讀《香港・文學：影與響》，就讀這三篇？

不。不同的讀者，翻開任何一本書，都會知道如何去選擇，只是我覺得，即使只讀這三篇，也十分滿足了。

文章結束之前，不妨讓我再囉嗦幾句，在《香港・文學：影與響》裏，我看到陳國球談大角嘴、北角、家明與香港，談陳智德的《地文誌》，談鷗外鷗的詩與香港，很明顯看到：他熱愛香港的地域、文學，尤其是現代詩，而這也正是我的所愛，盼望今後他能在這個領域發出更大的光芒，爭取更大的成就！

——二〇一七年十二月

《香港‧文學：影與響》書影

讀曾淦賢的《苦集滅道》

　　曾淦賢是本地頗有潛質的年輕詩人，據說他在中學時已熱愛創作，但作品欠成熟，未受注視。其後到教育學院升學，二〇〇九年參加詩創作班，受業於詩人王良和門下，受到他的薰陶，一頭栽進繆思的世界裏全力創作，發表〈腦科手術〉一鳴驚人。王良和很欣賞他的詩，說：

> 　　曾淦賢的詩……善用意象，虛實相生，語調抒情，逼近音樂，詩情繚繞而佈置簡淨。多年前讀他的詩……驚為天人……今天讀詩常覺索然無味，而我竟常以「迷人」稱譽其詩，可知曾淦賢抒情詩之吸引力。（見〈推薦語〉）

　　得名師指導，乃幸運之神眷顧，曾淦賢不單埋首創作，還組織傳薪文社，出版文集展示成果，與社友互相鼓勵，共同努力。其後他加入文藝刊物《字花》作編輯，參加文藝創作比賽，到學校去談詩創作，詩藝突飛猛進，經八年磨劍，最近終於推出了個人首部詩集《苦集滅道》（水煮魚文化創作，2017）。

　　「苦集滅道」是佛學的「四聖諦」，是佛偈，不同的人很可能有不同的理解。如果套用現今的語意，我覺得：

苦指的是人世間的各種痛苦，集是各種痛苦產生的原因，滅是尋找到解決痛苦的方法去拋開煩惱，則可以得道而放下。

曾淦賢以《苦集滅道》作為詩集的名字，是表示書內的詩，都是他感受到種種人間的苦楚？還是他已找到了解決人世間苦楚的方法，這就要讀者諸君親自去接觸、探究。不過，我可以告訴大家，還是那一句：不同的人會有不同的領悟，且看你與詩人的靈性有多接近而定。

《苦集滅道》中共分三輯，收詩作七十一首，每首詩均沒有註明寫作日期或地點，分輯似乎亦不依性質。洪慧在集中附錄的評論〈要每人都只能死去〉中說「詩作無一標明日期，恍如末世以後，日期時間再無意義」（頁122）。

我頗同意他這種說法，《苦集滅道》有很多人性的灰暗面，詩中無論人、物，其生死、存在、成敗、得失，開始或終結，在詩人眼中都是一種過程，甚麼都在無重狀態中飄浮，所有事物都一視同仁，無悲亦無喜，一切都不重要，是看化了？還是受挫折過多，對人生已不存寄望？且看你的得着。

我卻從中看到了一種傲氣：你理得我是何時寫的，在甚麼情況下寫的，我就是這樣子，你最好了解我、明白我，不然，你可以不讀！

——二〇一七年十二月

曾淦賢的《苦集滅道》

我們都是香港人——讀《漂城記》

　　《漂城記》（香港文化工房，2016）是本很有趣的書：

　　在荷蘭生活了近二十年，土生土長的香港人周耀輝，二〇一一年忽地回到香港來教書，與年輕人深深地接觸後，發現他們大多數都有不同的生活背景：有些是在本地出生、成長的，但有些雖然在本地出生，童年卻在內地生活，後來才回到本地就學的，更有不少是出生及童年都在內地，然後移居本地成長的……。不同的生活背景有不同的思想方法及感受，在群體生活時常會難以融合，產生磨擦，不明白「香港人」的身分定義。

　　於是，他請了八個帶着兩岸三地背景的學生，用「他們自己的方法書寫自己的成長」，以個人的身世「引證城市的漂浮不定，混雜，難以名狀，無從定義」，企圖探討「何謂香港人」！

　　這八個年輕人雖然全是九〇前後的，但生活環境及際遇不同，寫作手法也就各異，像王秋婷的〈扦插〉，以「回鄉」、「移植」、「真偽」、「落地」、「生根」及「拔牙」等六章，平實地記載了她家如何從移植到落地生根，從內地人漸漸在本地穩定下來，像大部分外來者一樣，慢慢融入社會，成為香港人的經過。

　　謝丹的〈《幸福論》與你活在當下這件事實〉用近似

「回憶錄」卻又有虛構成分的手法，寫他最熟悉、生活了長久的「樂富」。我覺得他的所謂「虛構」，其實並非虛假，他只不過把同時代、同地區人的生活事實移進了個人的生活紀錄中而已。不過，這種手法更顯普及，更能代表當地年輕人夢寐向外闖出一條新路的突破，有一股衝破圍城的氣魄。

林淼的〈無邊家書〉用書信的手法，傾訴個人的生活感受，無論生活在香港、德國，還是在旅途上，他都有無數解不開的疑惑與困擾。事實上，這種種苦惱，應該不是地方性的，那是個人及遭遇上的思考煩惱，無論何人也無法逃避的，只能從個人的性格中尋找適應的因子，才是解決苦困的良方。

此中特別要談的，是寫作手法與眾不同的劉善茗〈枝節〉。

〈枝節〉採用的是兩條平行線同時進行的敍事手法，頗有點像劉以鬯的〈對倒〉，卻又不盡相同。作者先把書頁一分為上下兩部分，各用不同的字體，述說不同的故事。

上半部是劉善茗用第一人身的自述，從她的太婆去世寫起，寫她在二〇一三年的示威進行中的採訪，然後倒敍她由小到大的成長及學習歷程，與兄姊因年齡差距而格格不入，留學時的生活及人生之種種矛盾、無奈，對身分的認同。

下半部作者抽離自己，以她上一代的身分，寫上一代人如何在社會上的掙扎向上。他們全是從內地來的外來者，

他們有從正式途徑申請來港的，有從深圳口岸抱着籃球或車胎漂過來的，也有乘小木船潛過來的……，來的方法各異，但同樣經過石硤尾暴動，冒險穿過一九六七滿地土製菠蘿，同樣在香港或穿過膠花，或剪過線頭，陪伴香港成長，走過漫長的路。

在八個年輕人的經歷中，〈枝節〉的內容最豐富，做過仔細的資料搜集，足可作為本集的代表。

《漂城記》最後的一輯是〈圖集〉，附在書的最後部分自成一輯，細看原來是前面八篇文章的插圖。插圖理應插在原文中，使讀者可一面讀文，一面看插圖，才會產生協同效應，增加趣味，何以要抽印附在書後呢？

編者應該明白此理！

匆匆再翻圖看看立即明白，原來插圖有不少是彩色的，插在原文中會增加不少印刷費，受資助的書籍「睇餸食飯」，這是無可奈何的事！

《漂城記》是本水準不錯的好書，值得推薦，但我比較貪心，認為它提出的「何謂香港人」是個大課題，不應該只是九〇後的事，作為策劃者的周耀輝是六〇後，他在序中寫了〈隔了30年，重新做（香港）人〉，只交代了他組織本書的經過，卻未深入談到：他既已在荷蘭落地生根，生活近二十年，何以還要回到香港來？

另一位寫序的陳冠中，他寫了〈定位與漂移：年輕身體力行者的感覺〉，但這位居住在北京的五〇後香港人，他自己的感覺呢？他自己的香港人定位如何？會不會回到

香港來？

　　寫這篇短文的許定銘是四〇後，他和本書中大多數的年輕人一樣，出生於內地，受教育及成長於香港，也曾流浪於北美多年，如今卻享受着「香港人」的身分，愉快地欣賞生活。

　　事實上，我們都是香港人，但，不同世代的香港人，各有不同的想法、定位和故事，很應該有人牽頭，把「何謂香港人」的解說擴張出去，讓不同世代的香港人抒發己見！

──二〇一八年五月

《漂城記》的書影

在此岸與彼岸之間——
讀方太初的《另一處所在》

　　方太初的《另一處所在》（香港零度出版社，2016）是近日讀過的散文集中比較喜歡的一本。在本書裏展示了她閱讀方向涉獵甚廣，對潮流、文學、電影、藝術、哲學等均有深入的認識，又特別喜愛思考，寫起文章來很容易從主體的事物引伸出去，跳到另一個範疇，反覆論證，相互比較。作為一個八十後，她比同年代的人較成熟，較有深度。

　　張橦在《另一處所在》的跋〈六個迷路小孩的探索旅程〉中，説方太初：

　　　　她腦內有六把聲音，當其中一個跟你説起一件事時，另外五個她已跳掣到另一時空，急不及待要跟你講另一些念頭。（頁256）

　　舉個例，在〈不同年歲的牆〉中，她絮絮不休地敍述在外公外婆家的兩堵牆中穿插玩耍，明明是昔往歲月甜蜜回憶的抒情，卻突然跳到東京皮革藝術家收藏的各種年歲的牆；然後再跳到吳爾芙的小説〈牆上的斑點〉，其後又

回到掛在牆上的聖誕襪。她寫作時看似思緒飛馳而紊亂，文章卻很有條理，讀來一點也不煩厭。

這樣寫散文，你可以理解為作者思想迅速、生活經驗豐富，無論哪個界別，接近的材料都可順手牽羊而融合顯示；其實，你也可以覺得，作者的跳躍敏捷，言談滔滔不絕，是思感不安，陷入迷惘而無法掌握方向。這很視乎個人感受。

在《另一處所在》中，方太初多次提到蕭紅。

在〈山寨廠的歲月〉中，她看許鞍華的電影蕭紅後，憶起七十年代在山寨廠裏捱世界的母親。

在〈南方的海〉中，她透過戴望舒的〈墓畔口占〉和蕭紅的〈九一八致弟弟書〉，寫逃荒之苦，寫對大海一無所知的旅人，最終卻埋在淺水灣畔聽濤聲的無奈與矛盾。

在〈蕭紅的陰性書寫：喧鬧過後〉、〈生之羞恥〉、〈兩代人：兩名女子〉中，她仍然在寫蕭紅的悲哀與無奈，談她的《生死場》和《呼蘭河傳》。尤其〈生之羞恥〉，一開始即說：

> 那時蕭紅被蕭軍與端木蕻良，笑她這些也寫，那些也寫，她有時還幫端木抄稿子。她身邊的男人都不知道，蕭紅的文字在他們之上。（頁 138）

無疑《生死場》應在《八月的鄉村》之上，蕭軍是比不上蕭紅的；但，方太初說蕭紅比端木高，這點太主觀了，

我不敢苟同。端木的《科爾沁旗草原》和《憎恨》中的短篇，應是中國三十年代現代文學中頂尖的傑作，其氣勢及文字，肯定在《呼蘭河傳》之上，是女性的細膩及陰柔所比不上的。

除了蕭紅，方太初在集中還寫了陳衡哲和楊絳，感歎她們是被同時代的「重男輕女」觀念蓋過，如果她們是男的，際遇肯定不同。

從蕭紅到陳衡哲到楊絳，方太初有一股難以宣泄的憤怒：何以男女不平等！

唉，男女之不平等，是數千年，或可說是自有人類以來，都存在的。不單單是今天的香港，即使現今世界上任何一處民主的地方，美國、加拿大、澳洲、歐洲⋯⋯，都是不存在的！請女士們再努力，且看⋯⋯！

《另一處所在》收散文八十餘篇，分「此在」、「彼方」、「無岸」、「第三岸」和「Reprise」等輯，其目的是用這些文章去強調：另一處所在、此岸、彼方、無岸和第三岸的概念。

這批文章是本書的主體，在單篇的〈另一處所在〉中，她清楚地說明了「你在邊岸時，對面是彼岸；你到達了彼岸，它也就變成此岸了」；「從源頭到盡頭，從此岸到彼岸，在哪一刻都朝向無限的地方延展」。她用此來比喻人生之過程，是不能回轉的，必須小心前進，而那「另一處所在」，就是無法捉摸，無法以常理理解的陌生之地──另一個世界。

其後，她又在〈彼岸之花〉、〈此岸、彼岸與無岸〉、〈此岸、彼岸、第三岸〉、〈第三岸與異托邦〉等諸篇中，引述了巴西作家羅薩的短篇小說〈河的第三岸〉中的暗示：人在小船中，載浮載沉，小船就是我們的第三岸，亦即是異托邦。

　　人就是如此：在此岸與彼邦間浮沉，在第三岸、異托邦中觀望、思考、迷惘，完全無法掌握⋯⋯。

　　一個年輕女子，長期陷於此岸與彼岸間的異托邦中苦苦思索，是迷惘而無望的。人沒有方向，終日在多個課題中不停跳躍，忽左忽右，或這或那，是難成大器的。我期望方太初盡快找到方向，啟航，帶着榮耀與成果向彼方進發！

——二〇一八年五月

《另一處所在》書影

細味音符的背後——讀方頌欣的《木蝨》

　　方頌欣是本地著名的八十後詩人作家，據說她曾獲二十多種公開比賽獎項，此中包括文學獎、學術研究、國際性攝影、繪畫藝術……等，是位才華橫溢的多面手。她的詩創作曾被選入《詩性家園——香港 80 後十位女詩人》（香港本土文學大笪地，2011）中，被收入書內的五首作品是：〈很難得我們可以聚在一起〉、〈摺疊雨傘〉、〈斷路〉、〈給威士忌的歌〉和〈給打火機耳語〉。崑南在該書序言〈驚覺繁露聚〉中，說方頌欣的這些詩作：

> 發揮着一種詠物的魅力。詠物不難，難在物中生情，情中有物。同樣，寫生活不難，難在苦況中品味出甜意，而甜意中全情讓大家享受愛趣。生活中容易被人忽略的愛趣，雖然是很私密的部分，應該說，是很詩密的部分，因為唯有詩人才有本領道破苦甜間之交融：苦固然不是憂鬱這麼簡單，而甜更在膩與蜜之外的五度空間。

　　崑南在僅僅五首創作中，即道出了方頌欣的詩風，可

謂獨具慧眼！

　　方頌欣新近推出的詩集《木蝨》（香港初文出版社，2018），收創作六十餘首，是二〇〇五至二〇一六年間的選集，更充份發揮了崑南讚許她的「詠物生情」與「苦中有甜」的情意。

　　書分數輯，按寫作年份倒安排，排在書首的，是二〇一四至一六年間的作品十八首，當是最新且最重要的詩作：〈檸檬〉、〈螺螄〉、〈瑪仁糖〉、〈香蕉〉、〈窩夫〉、〈茶粿〉……等，居然大部分都和食物有關，可見詩人對「食」方面頗有研究。我比較喜歡〈梳乎厘〉，詩很短，僅錄如下：

　　　　欲望吐出一口泡沫

　　　　隨上升的熱度騰起

　　　　膨脹的野心

　　　　迫逼白陶碗的底線

　　　　愈接近權力愈被燙焦

　　　　沒有味道的味道是味道

　　　　蜜糖吻合生活的支離

　　　　舀子掰開內在

　　　　悵惘裏是悵惘

　　　　追逐到最後一片空白

　　詩最初只在描述梳乎厘被製成的過程，卻突然來了句

「愈接近權力愈被燙焦」，這是甚麼「味道」的梳乎厘呢？這不是「味道」，因為這是一種「悵惘」，詩人內心的「悵惘」，是一片空白。詩好，是好在「甜中有苦」底含蓄的意境，是不能用言語道出的「感受」！

大概沒甚麼人喜歡「木蝨」。然而，方頌欣卻把〈木蝨〉入詩，而且還把它作為書名，可見這粒「木蝨」不是普通的木蝨。她在追蹤那粒「你以我的血肉為生命」的木蝨時，摸不到對方，卻摸到了「你的吻痕」，回憶到：

> 一段糾纏不清的關係：
> 當初魂牽夢兮
> 於同一房間裏
> 睡在同一張雙人床
> 承載你我一輩子的夢
> 卻為我的人生帶來災難：
> 我們緊貼在一起，共處
> 最後只剩下互相憎恨。

方頌欣真的在寫「木蝨」嗎？當然不是！她寫的是一段刻骨銘心的愛，寫一段苦痛一生的情！

讀方頌欣的詩，千萬別單單讀你見到的文字，那只是跳躍的音符，請細味文字背後的情意！

——二〇一八年六月

《木蝨》書影

如何欣賞城堡內的藝術——
讀陳永康的《香港詩賞》

　　年輕的時候我是一頭初生之犢，在創作的草原上任意奔馳，詩、散文、小說都認真地嘗試過。想甚麼就寫甚麼，散文寫的是個人思維，我手寫我心，最易寫，亦最持久，寫了五六十年猶未放棄；小說字數多，構思久，得花長時間去磨，缺少恆心或事忙，幹不好；詩字數最少，表面上看，最易寫。然而，易寫難精，一首好詩，除了有內涵，還得要有意境、含蓄，和節奏感，有時為了一句短語，或詞句，往往要花長時間去思考、琢磨，猶不知如何下筆、取捨，放棄得最早。

　　雖然我放棄寫詩多年，卻仍然愛詩，愛讀別人的詩篇，陷入美的詩境，享受詩意的歡樂。那些能寫詩數十年，沉醉詩國的同好，是真真正正的詩人。

　　年輕人見我愛詩，常要求我「解詩」。我的答案是：詩，是不能解的，只可以感受。能感受一首詩，即是能讀懂一首詩。不過，同一首詩，不同的人可能有不同的感受，這就是讀詩深奧之處。如陳永康般，不停地指導年輕人欣賞詩、解說詩，其實也只是指出了詩的切入點，得要讀者親自去觀摩，去鑽研，去理解、感受，才能有所得

着。面對這麼困難的高山，像陳先生這樣還孜孜不倦的老師，是「明知山有虎，偏向虎山行」的打虎英雄，令人佩服！

陳永康新近出版的《香港詩賞》不是一般的詩選，那是一部刻意塑造的詩歌藝術城堡，而他則是位口若懸河的導遊，引導讀者走進城堡，向大家解說城堡中每件陳列品的藝術性，企圖把那批單一的藝術品，組成一座座藝術聖殿。

《香港詩賞》分「印象」、「舊戲」、「童話」、「家常」、「親愛」、「房子」、「位置」、「書香」、「維港」等九個章節殿堂，組成了「香港」這座域堡。每個殿堂又用好幾首不同類型的詩歌，組成一串串藝術珠串，再用編者精明獨到的分析、解說，企圖把讀者們領進優美的詩境中。

舉個例：在「印象」中，他引了葉輝的〈我們活在迷宮那樣的大世界〉和胡燕青的〈三日店〉去說明他們對香港的印象是一座「迷宮」；用洛夫的〈香港的月光〉和陳李才的〈桌燈與月亮〉寫香港在月光下的多種生活；又用潘步釗的〈高樓對海〉、余光中的〈高樓對海〉和鍾國強的〈華田〉，來寫多種多樣的香港街景、生活⋯⋯。於是，從各種各類的建築、人事的感慨，香港的印象就變得立體而形象化，深深地印在過客的腦袋裏，欣賞寫香港的詩，在不知不覺間就把讀者和香港合而為一體了！

我只輕輕地引導大家探索了香港城堡的其中一個殿堂，

如果大家想一觀全豹，我建議大家耐心地去翻翻《香港詩賞》，那裏還有全香港城堡的各區殿堂，陳列了各種不同的藝術品，在你慢慢欣賞的同時，不妨也感謝編者陳永康刻意編排的心思！

——二〇一八年七月

香港詩賞——讀新詩串起的香港故事

作者：陳永康

出版：匯智出版有限公司
香港九龍尖沙咀赫德道2A首邦行8樓803室
電話：2390 0605　　傳真：2142 3161
網址：http://www.ip.com.hk

發行：香港聯合書刊物流有限公司
香港新界大埔汀麗路 36 號中華商務印刷大廈 3 字樓
電話：2150 2100　　傳真：2713 4675

印刷：陽光 (彩美) 印刷有限公司

版次：2019 年 6 月初版

國際書號：978-988-79782-4-4

陳永康 著

香港詩賞

讀新詩串起的香港故事

《香港詩賞》版權頁

陳永康的《香港詩賞》

認識走出困惑的海鹽——
讀蔡寶賢的《海浪裏的鹽》

《海浪裏的鹽——香港九十後世代訪談故事》（香港藝鵠有限公司，2019）是本很有趣、製作嚴謹的書，而書內提出的「九十後世代」問題，也正正是現今社會上很嚴重且亟待解決的問題。

蔡寶賢本身是個年輕的傳媒人，因工作關係接觸了不少二三十歲的年輕人，發現他們成長的生活背景雖然不同，但大多數都有「我是誰？」的疑惑。這引起了她的興趣，產生了想探討這個世代的人底困惑，從而希望在提出問題以後，為他們找到出路。

蔡寶賢訪問了各種不同身分及族裔的九十後世代二十九人，紀錄他們自身成長的歷程，對社會的看法，説出他們對前途的憂慮……。全書分成「混沌」、「重構」和「凝結」三章，正好表達出他們現處的困境，期待打開新局面的心態。

年輕人有他們獨特的「潮語」、「口頭禪」，如：中二病、膠、Ａ片、ＭＫ……等，不一定是全部讀者都可以了解的。故此，蔡寶賢在每章實錄之後，都有註釋，可見他在寫書時考慮周詳，出版時製作認真。

我最欣賞的，是本書每篇訪問前，都用方家遠的黑白攝影硬照作間隔。兩頁通版的「反白」，映入眼簾的首先是一片「黑」，然後是左邊佔了很大篇幅的藝術畫面。黑底和糢糊的影像構圖，正是這個世代的心態，正是他們沒有出路、不知何去何從的困境。右邊是題目和人物的小解說，如：

〈競爭〉Dor Dor ／ 1995 年／仍覺得自己是細路的社會新人

〈搵食〉Tony ／ 1991 年／地盤佬＋補習老師＋生意人

〈旅行〉Yukey ／ 1990 年／香港精神接班人

都很清楚地讓讀者知道，下一篇文章中會訪問怎樣的人。

《海浪裏的鹽》，除了有趣、製作嚴謹以外，攝影和編輯手法都相當前衛、出色！

在閱讀《海浪裏的鹽》之前，我覺得大家應該先知道：甚麼是「九十後世代」和「為甚麼要訪問他們」。

所謂「九十後世代」，指的是：一九九〇至一九九九年出生的人。這群人現今是二十至三十歲的年輕人，雖然我沒有正確的統計數字，但也可推算出他們是社會上動力的眾數，同時也是我們社會的支柱，更是香港社會將來的主幹，是非常重要的一群，社會發展的重擔正正落在他們

的肩上。故此，了解他們是件十分重要的事。而且，香港是個繁盛而著名的國際大都會，人種已不單單是幾十年前單純的中國人，走在路上，你會發覺白種人、南亞裔人、深膚色人……愈來愈多，要這個社會融洽前進，還需要考慮到文化、語言、歷史……等多種沖突、矛盾。

況且時代的巨輪是不停轉動的，「九十後世代」這群人湊巧碰上了九七回歸、移民潮、金融海嘯、九一一襲擊、沙士、互聯網登台……，這一切都在他們生活上起了極大的衝擊。因此，他們是很需要有這麼一本訪談錄，讓他們知道同代人的想法而視作明燈及引路人。

除了本書的重點內容，書前有呂大樂的〈準備中的一場世代對話〉、梁柏堅的〈大航海時代的同行〉、蔡寶賢的前言〈我們這一代，香港九十後〉，和書後攝影師方家遠的〈成長待續〉和附錄〈香港九十後與社會〉的問卷數據及〈香港大事回顧〉等，都是可讀性甚高的文章及重要的資料。

蔡寶賢在自序裏說：

> 鹽在海裏，是觸摸不到，看不見，卻無處不在。只要經過一段時間和不同工序，能提煉出晶瑩剔透的鹽品，而一個人的成長甚至人生，好比在海中提煉鹽的過程。（頁9）

無論你是不是那世代的鹽，我覺得你都該讀讀蔡寶賢

的《海浪裏的鹽》，而且也期望將來能讀到另一個世代的訪問，更深一層了解香港的人種架構，認識到他們走不出困境的疑惑！

——二〇一九年六月

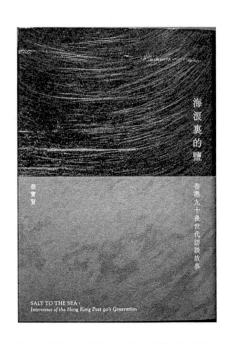

《海浪裡的鹽——香港九十後世代訪談故事》書影

讀沈西城的《懷舊錄》

　　沈西城約我為他的新書《懷舊錄》寫序，責任重大，人老了，不想負重，寫序不敢。不過，如果能在出版前先讀巨著，胡亂説幾句讀後，卻也無妨。

　　他在香港歌影視文化藝術娛樂界活動超過半世紀，難得的是本身有料外，人緣甚好，屢得前輩提携，交以重任，才得在他們的圈子內活動，得睇前人的風采，能記下他們的生活點滴，此讀者之福也。

　　如孫大姐農婦，知道西城失業，立馬約見，訓斥兩句之後，隨即指示他往《大任》週刊上班。須知一九七〇年代的香港社會，雖説是發展迅速，卻仍是人浮於事，找份工作得左託右託，甚至暗送紅包，殊不容易。孫大姐與沈西城之間是伯樂與馬的故事，也要你自己真的是超班馬才會發生，你以為農婦是盲的嗎？

　　《懷舊錄》裏五十多篇文章，真的是包羅萬有，説歌星的有鄧麗君、方逸華、林冲；影視的有岳華、惠英紅；作家的有金庸、倪匡，黃霑、林燕妮；娛樂的有李我……，只要你是過去幾十年在本地生活的香港人，都知道這些名人，或許都想聽聽他們生活的另一面，《懷舊錄》給你説的，就是這些故事。

　　此中我特別有興趣的是談李我的〈講古天王李我〉，李

我在大氣電波中講故，由一九四〇年代起紅遍省港澳，一個人能發幾種聲調講故，不知迷死多少聽眾。昔日生活簡單，甚少娛樂，閒時聽收音機乃係最佳節目。每日中午，李我之天空小説在大氣電波一出現，幾乎人人停工，阿姐阿嫂，阿公阿婆個個收起雙手，伏在收音機旁聽出耳油；即使在街邊販賣的小販，或者走過路邊的阿哥阿妹，都乘機俟近涼茶鋪，聽他們流出來的李我天王底古仔聲浪，幾達全民聽古的階段。一九五〇年代末，筆者初升中學，見人人聽古，也跟着大人追聽《出谷黃鶯》，迅即上癮，日日追聽。

其時李我雖受歡迎，但，關於他的身世歷史之八卦書卻甚少見，大家對偶像所知甚微。到天空小説被時代淘汰，有關李我的一切，就更少人知道了。而沈西城的〈講古天王李我〉正好補充了這些，他告訴我們，李我是孤兒，聰明絕頂，講古只有腹稿而無劇本，故事隨時順勢轉變，撈到風生水起，一斤大米只售四毫的年代，他可以花七百二十元從廣州乘飛機到香港的陸羽飲茶，飲完茶又乘機返廣州……。

沈西城行文風趣幽默，考證不多。去年鄭明仁得秘本《成報彙刊》第一集，從裏面得知《成報》三日刊創刊於一九三八年八月，創刊人是何文法、李凡夫和過來人三位。

對本地文化有深認識的資深讀者，大多知道此三人，其後有人覺得原名蕭思樓的滬籍作家過來人，似是一九五〇

年代才來港的，無可能在一九三八年與何文法等人創辦《成報》三日刊。沈西城細心研究，撰〈誰是過來人〉反覆論證，終於認定當年之過來人，是何文法的外父鄧羽公，而非後來到港的蕭思樓，可見其考證功力亦深厚！

　　沈西城曾遊學東瀛，精通日語，《懷舊錄》裏的文章不少與日本文藝界有關，愛東瀛文化者，大概亦可從中尋得所好，切勿失諸交臂！

──二〇二〇年六月

沈西城《懷舊錄》

看非常風景的文學旅遊

認識詩人迅清是四十多年前的事。

一九七〇年代中期，我在灣仔開文史哲新舊書二樓書店，迅清常來。那時候他雖然只是個預科生，但已經是《大拇指》的編輯，香港詩壇上的新進翹楚。他不單常來買書，後來更半義務性質當了店員，搬書、上架，為顧客包書、影印，不分輕重，店中業務，靈活生巧。當時我心想：一個肯不計酬勞，不去當補習老師賺錢，整日磨在書店裏當義工的詩人，他日成就當非凡。

其後迅清上港大，畢業後當教師，幾年即越級升為中學校長……，成就有目共睹；之後移居悉尼，任職大學之餘，最難得的是不肯放下筆桿，多年來埋頭寫作，年前出《迅清詩集》（香港石磬文化，2015）及《悉尼隨想》（香港初文，2019），先是詩選，繼而隨想，今再推出旅遊《非常風景》，看來各種文體傑作陸續有來。

《非常風景》收旅遊文稿五十餘篇，此中遊南美馬丘比丘的超過二十篇，遊意大利的十餘篇，合起來超過全書的三分二，應是《非常風景》的主體；其餘還有遊北海道的、台北的、新西蘭的和冰島的，迅清似乎在環遊世界了。

此中遊冰島的只有〈冰島這個島〉一篇，但文中有幾句話十分精警：

⋯⋯旅行是一個短暫離開工作或者煩惱的辦法。幹得倦了,生活太規律化了,需要一個短短的休息。可能再活得更起勁。當然每個人都會找一個旅行的特別理由。⋯⋯我不是背包客,不想窮千山萬水,上山下鄉。我只是想在旅途上多認識一下平淡生活之外的點滴新鮮。每一趟的旅行,帶回許多珍貴的記憶,想多一點貪心,但也載不下很多。途中每日寫下的博客文字,儲存在相機的數碼照片,合成一份豐富的故事。

這是迅清寫旅遊文稿的目的,也是《非常風景》的風景和故事。其實我們做事的目的也不必偉大,找到中心,為自己生活找到情趣,為個人的生命擦出火花,足矣!

現在且讓我們看看本書的主體:迅清的「馬丘比丘」之行是個十多天的自由行,由於去馬丘比丘(Machu Picchu)的交通十分不便,他要先從悉尼搭十二小時飛機去智利的聖地牙哥,再轉到祕魯的利馬、庫斯科、奧爾蘭泰坦博,才能去到馬丘比丘,行程不是一天內的事,於是順便遊了這些南美城市。

馬丘比丘原意為「古老的山」,是祕魯印加帝國時期的著名遺蹟,整個遺址高聳在海拔 2350~2440 米的山脊上,是世界新七大奇蹟之一。

美國歷史學者海勒姆・賓厄姆三世,在一九一一年由當地農民帶到此地,並寫了本《失落的印加城市》

（The Lost City of the Incas），讓西方世界注意到了馬丘比丘的存在而馳名，一直是旅行家嚮往的朝聖地。

迅清懷着高山症的恐懼遊完馬丘比丘後，經普諾返回利馬，參加了利馬的徒步旅行團，見識了當地人的生活，嚐了平民美食，訪遊了周邊城市瓦爾帕萊索、波蒂略等，才回到悉尼去。這麼轉折的旅程，能參與的機會不大，看的真是「非常風景」呢！

近年知識份子到世界各地去旅遊，已不單單滿足於表面的名勝風景，大多希望深入探究當地歷史文化的深度旅遊。於是，旅遊書籍也不再是浮光掠影的層面，本來是娛樂的閒書，也成了深度的旅遊文學著述。像迅清的〈新西蘭基督城〉，甚少寫景色，卻長篇大論寫「一名恐怖分子手持機槍走入兩所回教寺院，擊斃五十名平民，瘋狂程度震驚全世界」的失常事件。「馬丘比丘之旅」所表達的，就是資料充足的當地歷史、文化、人物和社會動態；遊瓦爾帕萊索時，訪尋聶魯達住過的三幢房子等，在在反映了詩人在旅途中不忘文學，此書真是知識份子的旅遊手冊，是一本出色的旅遊文學。

——二〇二〇年九月

迅清的《迅清詩集》

《悉尼隨想》的書影

邢光祖等的《海》

　　我藏有一本邢光祖等著的詩集《海》，因缺版權頁，不知是何處何年所出，只從封面得知是《長城叢刊》之二。

　　當年會留下此書，除了因掛頭牌的「邢光祖」是位很早就寫詩，卻少人知的詩人外，最主要的是此書蓋有印章，是從旺角洗衣街德明中學圖書館流出的。此圖書館是我文學生命的發源地，既得老藏書，且留一本作紀念。

　　後來又買到第二本，從版權頁發現此書相當有趣，就從它的版權頁起談談。先把它錄如下：

著　　者：邢光祖等

主　　編：柯叔寶、施穎洲

封面設計：陳明勳

發　　行：長城出版社

經　　售：香港：中華書局

　　　　　菲律賓：長城書報供應社

　　　　　岷市中山街五二〇號

　　　　　台灣：中國書報發行所

出版日期：四十年元月

定　　價：港幣二元

從此表知道：本書是菲律賓出版的，希望能在菲港台三地發行，用了台灣的年號：「四十年」是民國的年號，即公元一九五一年；「二元」是港幣，在其他地方發售，需經調整。

大家有沒有留意沒有印刷所名號及地址？

據我的經驗知道：為了方便書籍進出口，當年這些沒印刷廠地址的書，都是香港印的。此所以，這本由菲律賓出版的書，在香港舊書市場上並不罕見，數十年來流經我手的，不少於五本。

由邢光祖等人合著的詩集《海》（馬尼拉長城出版社，1951），編為長城叢刊之二，是馬尼拉日華日報，《長城》文藝副刊的選集。

三十六開本，八十八頁，書分兩輯，第一輯「詩創作」，收本予、邢光祖、杜若、亞薇、芥子、林立、明德、若海、浪鵬、梅津、許冬橋、荒山和爾藍等十三人的二十四首詩。第二輯是「菲詩鈔」，共收譯詩五首，全由施穎洲翻譯，此中包括了他極之推許的菲律賓十九世紀詩人扶西・黎利（Jose Rizal）的〈我的訣別〉。在詩後他寫了短文，介紹了被他稱為「菲律賓民族革命的先知先覺；集文學，藝術，語言，醫學，政治的天才於一身的最偉大的馬來人」（頁76）的事蹟，並稱讚〈我的訣別〉是世界上最好的一首詩歌。

掛頭牌的詩人邢光祖（1914~1993）是江蘇江陰人，畢業於上海光華大學，後於馬尼拉遠東大學得碩士學位，

曾任教於國內多間大學，後任《中華日報》總主筆。他很早就寫詩，出過一本《光祖的詩》。編者之一的施穎洲（1919~2013）是福建晉江人，畢業於國立菲律賓大學，得巴基斯坦自由大學榮譽文學博士，活躍於菲律賓華人文壇，獲獎無數，是當地傑出的學者。

《海》的十三位詩人，除了邢光祖，我只知道亞薇也是位頗有成就的作家，我五六十年代在《蕉風》和《劇與藝》上讀過他的作品，其他的或許都是菲國華文詩壇的詩人吧！

——二○二○年十二月修訂

邢光祖等合著的詩集《海》

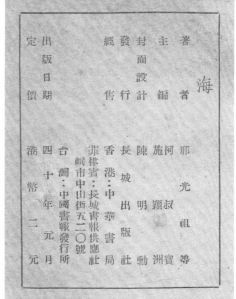

《海》的版權頁

細說神州五十年——
序歐陽文利的《販書追憶》

　　神州主人歐陽文利兄囑我為他的新著《販書追憶》寫序，非常高興。雖未見其書，不過心裏明白，知道我必會第一時間捧讀此書，今次能趕在出書前先睹為快，故一口答應。前此在網路上讀新亞主人蘇賡哲兄的《舊書商回憶錄》，餘味無窮，不知是否已在整理排印中？如能與文利兄的《販書追憶》同時面世，當是香港舊書壇的盛事！

　　《販書追憶》其實是文利兄的回憶錄，全書收文二十三篇，大致可分為兩部分，此中〈十三歲入行〉、〈管舊書〉、〈派到廣州、上海訂貨〉……到〈創業苦與樂〉及〈眾人相助買下地舖〉等十一篇，記述了他從小學未畢業即入行、苦讀、奮鬥、開業到成為舊書業翹楚的經過，和一般成功人士的傳記無異，都是由血淚與毅力累積而成的成就；所不同的是「舊書」這個行業比較特別，一向不受人注意，大部分讀者都未接觸過，題材獨特，引人入勝，細讀之更見趣味無窮。

　　另一部分則是香港舊書業，自一九五○年代起，至現在的實際情況；歐陽文利與神州舊書店，一直是這個時期的重鎮，見證了香港舊書業的盛衰，《販書追憶》不僅僅是

文利兄的回憶錄，還是一部擲地有聲的香港舊書業史！

　　此中我特別有興趣的是〈舊書業購貨經驗〉、〈港島到九龍的舊書攤〉、〈「出口書莊」的出現〉和〈出口書莊的興衰〉幾篇。舊書業最重要的是貨源，很多談買賣舊書的文章，談到進貨時多只說到康記和三益，頂多再加上何老大的書山，少有像歐陽文利說得那麼細緻的，如卑利街斜路的李伯，鴨巴甸街口的「大光灯」……等，不僅清楚地指出書店的所在地，人物的外號，賣些甚麼書，都似賬單的清晰，可見其真實性，尤其吸引。

　　談舊書的文章中，我首次在《販書追憶》讀到「書莊」。事實上很多人都不知道「書莊」是甚麼？其實「書莊」即是「莊口」。舊日有些稱為「莊口」的出入口形式公司，專門由本地把生活必須品運到多華人聚居的南洋、歐美等城市，書，是精神食糧，也是必須品之一，所以間中也有運書的，不過不多，而且多為通俗的流行書，但間中也有例外。一九七〇年代我就曾經在某莊口中購得近二百本無名氏的絕版書《露西亞之戀》，是我個人大批買賣舊書的首次經驗。

　　歐陽文利口中的「書莊」，就是指純以書籍出口，賣給外地圖書館的樓上專門店。這些書莊雖然專做外埠生意，但長年累月也有不少貨源積在店內，故此，也做門市的。只要你知道門路上到去，他們也會讓你在架上選購，因為那些多是大批買回來時的配角，所以價錢也不貴，我就曾在某書莊以三十元買過葉紫的《豐收》（上海奴隸社，

1935），此書十分罕見，畢生從未遇見另一冊。

在歐美圖書館大批到香港搶購舊書的七、八十年代，這種書莊是相當多的，歐陽在書中提到：智源書局、萬有圖書公司、遠東圖書公司、實用書局、集成圖書公司……等，他不但清楚地講述書店的經營模式，連老闆的出身都知之甚詳，實在難得。

我是一九七二年首到神州的，當時店內絕版罕見的新文學作品還不少，我如獲至寶，次次有斬獲。至今仍印象深刻的，是端木蕻良的《江南風景》只賣二十，是平靚正。北京賣舊書的大亮，專賣中國新文學絕版舊書，是我每次上京買舊書必到之處。而在《販書追憶》中提到，大亮年年來港，到神州貨倉購貨甚多；我從大亮手中所得新文學書，相信不少亦來自神州，可見神州的貨倉是個舊書的聚寶盆。

一九六五年創業的神州，至今已超過五十五年歷史，拙文題為〈細說神州五十年〉是取其整數。事實上，神州如今已是第二代接手，下次再有人談神州，隨時是：〈舊書業的百年老店神州〉了！

——二〇二一年二月

《販書追憶》扉頁	《販書追憶》書影
《販書追憶》版權頁	作者簽贈

美髯公書話・必讀

　　專研歷史的鄭明仁老總，在《淪陷時期香港報業與「漢奸」》（香港練習文化實驗室有限公司，2017）面世後，筆調一轉，寫起書話來，在報紙的專欄上日日見刊，大受歡迎，迅即成為書話專家。

　　忽爾數載，明仁告訴我要出書話集了，囑我寫點甚麼，並傳來他要出版的目錄，打開一看，書話竟達數十篇之多，看來新書該有磚頭那麼厚，當是香港近幾十年來的書話之最了，難得！

　　未讀書話，先看了書前的代序〈半世紀獵書小記〉，原來老總自中學畢業後已愛上買舊書和老資料，一有暇即到本港各地的舊書店買書，前半生的「搜書記」寫的是香港愛書人的痴戀故事，一路走來如痴如狂，是說不盡的辛酸與喜悅。如此瘋狂半世紀後，終於要從半山的老書庫遷出，到城市花園撐起「老總書房」，讓有緣人來相聚，讓老書們有個流傳的歷史！

　　老總愛書，如今是人人都知道的了。但，老總對借書的慷慨，大家卻未必知悉。二〇一二年，老總在舊書拍賣會上，以數千元搶得黃俊東私藏的孤本文學副刊──《文庫》，那是一九三一至三二年間，香港《工商日報》文學副刊的抽印合訂本，是該報編輯的私藏品。茶聚間談起，

他見我羨慕的神色，二話不說，把精品遞過來，讓我先讀，並讓我寫了〈孤本文學副刊〉（見拙著《香港文學醉一生一世》），在「書與老婆不借」的圈子，如此慷慨，令我感激不盡。

老總的書話是純香港而非純文學的，其內容包羅萬有，嚴肅地談新發現的，如〈收藏家改寫《成報》歷史〉、〈吳陳比武的歷史文件〉、〈香港拍賣胡適手稿〉、〈秧歌舞事件與調景嶺難民〉……；談舊書舊物的，如〈黃永玉記掛的豉油畫〉、〈「香港節」的文物〉、〈鐵板神數董慕節的批命書〉、〈李我、鄧寄塵登報道歉〉……；寫近年書值飛昇的，如〈黃碧雲《揚眉女子》再創奇蹟〉、〈金庸、董橋舊書天價成交〉、〈青文叢書成搶手貨〉……等，全以香港作為重點，不僅資料珍貴，趣味濃厚，而且都是愛護香港市民所關注的，想讀到的，實在難得。

談老總的書話，必然記起他那所全無通道的康怡書室、愛書人與學者常至的老總書房，和大家總是記得的「老總」、「老總」。其實，令我念念不忘的，是他那把飄逸的「美髯」，最後我要提提的，是：

美髯公書話，必讀！

——二〇二一年十一月

愛意滿溢的家史

　　馬吉和他的兒子珀熙合著的《你來了世界便不一樣》是部「愛意滿溢的家史」，既然是部「家史」，首要的是了解家庭成員的組合：吉叔、吉嬸和小珀熙。

　　全書由八十二篇短文和詩組成，除了文字，還有不少珀熙的插畫，大多是每圖配一文，有時更有一文配數圖的，視乎珀熙的靈感去到哪。

　　八十二篇文字是有序且有層次的：由之一的〈天九翅〉起，前面的十篇八篇，寫的是吉嬸的意外懷孕，執筆的吉叔初為人父，事事細心，對愛妻的關懷無微不至，是甜蜜家庭的起點。這時候珀熙還未出生，當然不會繪畫，這全部的插畫都是後補的，難得的是居然插得頭頭是道，得心應手。

　　之後大部分的文章，都記載着他們家的樂事，無論是文或詩，多是「馬吉文‧何珀熙畫」的。在小珀熙成長的年代裏，這個三口之家，是三塊自由自在的白雲，長期洋溢着快樂和愛意，我們看到這對充滿愛心的父母由：

　　　　珀熙唸幼稚園高班時，我們便開始「大包圍」式讓他學不同東西，諸如打籃球、跳舞、吹奏長號等，希望發掘、培養他別的興趣，結果是畫畫跑出。（見珀熙的

畫——代後記 ）

　　孩子既然有繪畫的天份，他們便請家庭教師到家裏教
珀熙繪畫，實在非常難得。

　　到了之三十九的〈像甚麼〉起，馬吉開始試圖放手了，
讓他以「文與畫：何珀熙」的姿態出現：

　　　　我的頭髮像草
　　　　眼眉像彩虹
　　　　天上的新月
　　　　是一弧笑臉

　　這首詩只是短短的四句，雖然不是一流，但我已覺得
是合格的了。及至〈床尾〉的出現：

　　　　喜歡睡在牀尾
　　　　不喜歡睡牀頭
　　　　牀頭向着牆壁
　　　　牀尾伸延至窗台
　　　　可看見外邊的燈光

　　雖然也只是幾句，卻明顯比前面的〈像甚麼〉成熟，
有了個人的風格。然而，馬吉還是不敢放手，經常用「馬
吉文・何珀熙畫」帶着他走。

及至之七十三〈停課的日子〉，馬吉才安心地放手，一直到之八十一〈這個春天〉，都是珀熙個人獨當一面的，下本書，可以讓他個人挑重擔了！

　　很多人以為：又不是有著名史實的大家族，「家史」有甚麼可寫、可出版的？

　　如果你這樣想，就大錯特錯了。茫茫人海中有多少家國大層面的大家族？小人物也應該有小人物的家史，他們的家史不在於影響家國大事，卻代表了小家庭的樂趣，而這種樂趣並不是現時的，而是若干年後，吉叔與吉嬸垂垂老去，和珀熙的子孫們一齊讀着《你來了世界便不一樣》，那種趣味才會從書味中滲出來，讓你感受到那種「甘」！

　　我一九八〇年代在《快報》有個叫「香港小事」的專欄，每天三百來字，一直以剪貼簿的姿態存在，最近突然有興趣重抄在臉書刊出，發覺很大部分都是寫我家生活的，似是我一九八〇年代的日記，也是我的「家史」，日日勤抄，樂此不疲，讀者也可憑此了解那年代的香港生活實況；若干年後，讀者讀着《你來了世界便不一樣》時，讀者一樣可以了解到馬吉的「家史」外，還了解到這年代的父母是怎樣為孩子付出的！

　　　　　　　　　　　　　　　　——二〇二一年十二月

《你來了世界便不一樣》

輯 之 三

美洲文藝青年的《呼喊》

　　香港是個很特別的城市，在這裏我買到過從國內運來的中文書，也買到不少是從台灣來的，甚至菲律濱及南洋各地的中文書，都可以買到；最主要的原因是過去幾十年，香港的印刷費不貴，而又方便運到世界各地去，因此，有些書雖然印着外地出版，但實際上卻是在香港印刷的。

　　如今我讓大家看的這本《呼喊》（華僑知識社，1947），是由美洲華僑青年文藝社主編的，版權頁上沒有交代出版地點，也沒有印刷廠的名稱，但從〈題記〉和〈跋〉的內容推敲，應該是洛杉磯或三藩市的文藝青年所編印的。此書初版只印一千五百本，但七十年代本港的舊書市中存貨卻很多，我最少見過十冊以上，一九四七年出版的書，三十多年後斷不會有十本八本在香港出現的。我相信此書在香港印刷再運美的機會頗大（後來見識多了，知道是老翻本）。

　　《呼喊》是為紀念五四運動而出的，屬《五四文叢》之一，三十二開本，一一〇頁，書後有廣告頁，説有一冊《五四詩叢》在編輯中，不知有沒有出版？此書除了〈題記〉和〈跋〉，收論文、雜感和小説十九篇，大部分為當地文藝青年的作品，卻也邀得名家坐陣，如：舒蕪的〈論五四精神〉、郭沫若的〈青年喲，人類的春天！〉、周

建人的〈五四感想〉、景宋的〈新五四運動〉、葉聖陶的〈五四與文藝節〉、胡風的〈祖國的冬天〉，都是很有號召力的。

　　書名《呼喊》，是魯迅的《吶喊》和曹白《呼吸》的混合體，那是被壓迫者要全力狂呼，爭取自由之意。

　　　　　　　　　　　　　　　　　——二〇〇三年二月

美洲文藝青年的《呼喊》

《劫餘隨筆》及《萬人叢書》

　　周而復四十年代在香港編《北方文叢》之餘，還編過一套較少人知的《萬人叢書》，我手上有一本夏衍的《劫餘隨筆》（香港海洋書屋，1948 年 3 月），即此叢書之一。此套書甚罕見，在版權頁側有個書目，順帶抄錄如下：

> 江陵《思想教育與工作方法》（修養）
> 鄧初民《尋找知識的方法》（修養）
> 胡繩《孫中山的革命鬥爭》（政治）
> 方敏《學生工作怎樣做》（青運）
> 馮乃超《新文藝運動簡史》（文史）
> 周鋼鳴《創作的修養》（文理）
> 漢夫《閒話美國》（報告）
> 唐海《臧大咬子傳》（報告）
> 舒群《歸來人》（報告）
> 白朗《巾幗英雄傳》（報告）
> 蕭紅《小城三月》（小說）
> 艾青等《毛澤東頌》（詩集）
> 夏衍《劫餘隨筆》（雜文）
> 周而復《北望樓雜文》（雜文）

這套書沒有註明是周而復主編的，但看作者陣容，除了江陵、方敏三兩個以外全是名家，顯示編者的能耐；而且按《北方文叢》的慣例，每輯叢書周而復總佔一本，這套書也一樣，估計是由他主催的。

近讀姜德明的《書葉小集》，知一九四九年上海文化工作社也出過周而復的《北望樓雜文》，內容不知是否相同？

夏衍的《劫餘隨筆》是本四十開的小書，才三十八頁，他在〈前記〉中說：

> 一九四七年上半年在星加坡，下半年在香港，這一年，寫的並不比去年多，但寫下來而手邊可以搜集得起來的，就便這集子裏的幾篇而已⋯⋯（頁4）

除了〈前記〉，本書僅收文以下九篇：〈超負荷論〉、〈改造與轉變〉、〈從《櫻桃園》說起〉、〈坐電車跑野馬〉、〈關得住嗎？關不住了〉、〈哭楊潮〉、〈楊譯《我的爸爸》序〉、〈魯迅論新聞記者〉、〈第四種人〉。

——二〇〇四年三月

《萬人叢書》出版的夏衍《劫餘隨筆》

《劫餘隨筆》版權頁

《萬人叢書》出版的蕭紅《小城三月》

《劫餘隨筆》版權頁

《美麗的瞎子島》

　　《美麗的瞎子島》（香港前進書局，1948 年 7 月）是宋文煥編、陸無涯插圖的兒童小說集，三十六開本，一一二頁，內收方里的〈討人厭的孩子〉、仇重的〈不滅的琴音〉、加因的〈米先生〉、宋文煥的〈苦命的孩子〉、何公超的〈施萬萬〉、谷柳的〈貓與鼠〉、金近的〈秋風姊姊〉、金帆的〈跟豺狼換心〉、胡明樹的〈李大叔坐滑台〉、微風的〈美麗的瞎子島〉和嚴大椿的〈究竟是誰聰明〉等十一篇。

　　宋文煥（1918~1993）筆名宋軍，是著名的音樂家，他曾當過軍，寫過很多兒童歌曲，編音樂雜誌，一個全職的音樂人為甚麼會編兒童小說集呢？在後記中，他說戰時在西江邊一個小縣裏教書，日日和天真活潑的孩子在一起生活，便決定要為孩子們編一些音樂刊物和童話，但因戰亂，物質條件差，這心願始終沒法完成。

　　戰後他回到香港，先和朋友復刊了《兒童音樂》月刊，繼而着手編這本兒童小說集。書中十一個小說的作者，都是當時兒童文學的名家，而且全是應邀才執筆的，從未發表過的作品，希望把「兒童讀物的先進們聯起手來，共同開拓祖國兒童讀物的園地，並為中國新生的一代努力！」

　　《美麗的瞎子島》的製作非常認真，除了請畫家陸無

涯為小說插圖外，每篇小說的標題下，作家的名字全用簽名式而非排版式。這個「小動作」自柯式印刷流行後已不算甚麼，只要把插圖和作家的簽名貼上去即可印成。但在當年卻是每幅圖，每個簽名都要獨立製作「電版」一塊，再跟鉛字併版，才能印刷的，所費不菲呢！

——二〇〇四年五月

《美麗的瞎子島》封面

《第一流》正續編

　　一九四〇年代的出版社喜歡出合集，大抵集合眾多作家的號召力，書的銷量該不錯吧！上海地球出版社出的《第一流》和《第一流續編》是其中比較有水準的一套。

　　《第一流》（上海地球出版社，1941）三十二開本，二三四頁，是《文青叢書》的第一種，由路汀編，收茅盾、巴金、老舍、郭沫若、蕭乾、許欽文、巴人、蕭軍、麗尼、舒群、李健吾、于伶、章泯、靳以、羅烽、王西彥、李輝英和端木蕻良等的作品共十八篇，此中李健吾〈母親的夢〉、于伶的〈酸棗〉和章泯的〈夜〉都是劇本，其餘的大部分是小說。

　　《第一流續編》（上海地球出版社，1941），梅衣編輯，是《文青叢刊》的第二集，也收十八篇作品，厚二二六頁，由洪深、何家槐、歐陽山、周文、巴金、蕭紅、林淡秋、草明、宋之的、艾蕪、沙汀、楊騷、夏衍、邵子南、奚如、劉白羽、唐弢、魯彥等十八位名家執筆，也是本以小說為主，劇本為副的合集。兩書共四六〇頁，入選作家三十五人，足可代表當年的上海文壇，可見此書真是「第一流」的選集。《第一流續編》的書後還有推介《第一流》的廣告，錄如下：

在我們中國的新文壇上凡屬第一流作家的作品，畢竟因為文筆生動流利，技巧豐富，意識正確，故能夠抓住每個讀者的注意。

我們這冊《第一流》的刊行，正是集我們全個文壇第一流作家的作品於一堂，其中執筆所寫的，有創作、散文、小品、報告、隨筆、劇本，每一篇都是屬於他們滿意的結晶作品，手持一冊，可以閱讀數十作家的文章，這該說是讀者們心目中最熱望着的一本文藝集子，同時也是我們獻給讀者的一份最優美的禮物！

若細心分析，《第一流》正續編裏當然不單是小説和劇本，編一本多種文體的文集，才是編者最終的目的。

《第一流》封面

《第一流》版權頁

———————————

《第一流續編》封面

第一本六人合集

　　一九六〇年代初，香港文壇流行出多人創作的合集，最著名的是《五十人集》、《五十又集》、《海歌‧夜語‧情思》和《市聲‧淚影‧微笑》，這些都是很多人合寫的；但有幾本六人合集：《新雨集》、《新綠集》、《紅豆集》和《南星集》則較少人提及，值得跟大家談談。

　　《新雨集》（香港上海書局，1961）出版於是年四月，是當年最早面世的六人合集，他們是：阮朗、李林風、夏炎冰、夏果、洪膺和葉靈鳳。此書為二十四開本，三一四頁，具「飄口」，封面設計一流，那是由詩人藝術家夏果裝幀的。書分六輯，每輯前都有作者的簽名式，收葉靈鳳的隨筆二十篇，洪膺的隨筆二十一篇，夏果的詩十三首，夏炎冰的小説三篇，李林風（侶倫）的小説三篇和阮朗（唐人）的小説四篇。

　　葉靈鳳的序，借左拉、莫泊桑等人合著的《米當夜會集》，推許合集的好處，繼而介紹了本書的作者，除了是篇很恰當的序文，還是篇引人入醉的書話。

　　六人中比較少人知的是洪膺，他是一九五〇年代香港英文刊物《東方地平線》的總編輯劉芃如，一向以英文寫作，一九六二年因飛機失事逝世。夏炎冰則是一九五〇、

六〇年代活躍於香港文壇的年輕小説家。

──二〇〇八年八月五日

《新雨集》書影

────────────

《新雨集》版權頁

六人合著的《新綠集》

　　由於《新雨集》（香港上海書局，1961） 大受歡迎，在它面世不足半年後，又見有另一本也具「飄口」的六人合集出版，此即葉靈鳳、張千帆、柳岸、侶倫、吳其敏和向天合著的《新綠集》（香港新綠出版社，1961）。

　　《新綠集》是大三十二開本，二九五頁，體制一如《新雨集》分成六輯，每輯前不單有作者的簽名式，還有作者手寫的「輯名」：向天的《讀詩雜談》、吳其敏的《幕邊掇拾》、侶倫的《燈前絮語》、柳岸的《今物語》、張千帆的《綠窗小札》和葉靈鳳的《歡樂的記憶》，等於六本不同風格及內容的小書合在一起，能照顧各類書友的喜好。這幾位作者都把他們最熟悉的事物，慣常創作的形式呈現於讀者眼前，最特別的是小說家侶倫，他在本集中不寫小說，卻為我們提供了一輯散文，十分難得！

　　我的這本《新綠集》封面也很漂亮，但我要給大家看的卻是它的扉頁，原來這本書是侶倫親筆簽名，送給「國柱兄」的，「國柱」是李國柱，即塳輿大師林真。林真愛書如命，不知何故這本簽名本會流落坊間，由老藏書家方寬烈（右方的印章）得藏，最後落到醉書翁手中。

　　舊書之輾轉流浪出人意表，此亦收藏舊書之樂趣也！

——二〇〇八年八月二日

《新綠集》書影

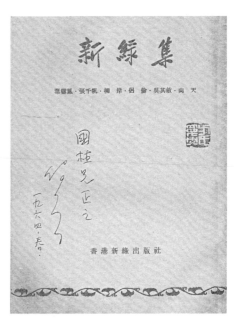

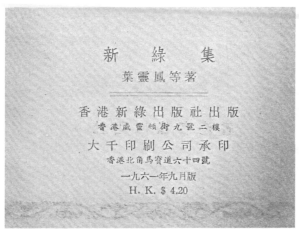

《新綠集》的扉頁侶倫簽贈林真（李國柱）

《新綠集》的版權頁

另一本飄口：《紅豆集》

這本《紅豆集》（香港新綠出版社，1962）是六人合集中最後一本「飄口」書，接着出版的，由阮朗、葉林豐、夏果、黃蒙田、辛文芷和張千帆等合著的《南星集》（香港上海書局，1962），已是普通的平裝本了。

《紅豆集》也是大三十二開，二八五頁，集文六十七篇。六輯分別是：阮朗的《海南島之旅》、若望的《瑞士風物》、夏果的《生活的鮮花》、高旅的《沉戈小集》、戴文斯的《讀畫偶記》和霜崖的《霜紅室隨筆》，書前還有葉靈鳳的序文。

《紅豆集》不含小説，是本集小品、遊記、隨筆與讀書札記於一身的散文集。此中阮朗和若望的，從輯名已表明是遊記，一九六〇年代初，香港人生活艱苦，能外遊的機會少，異地風光自有大量讀者；夏果和戴文斯本身都是藝術家，又是散文高手，對不同的藝術作品，自有其獨特的視角；高旅和霜崖學識廣博，均為寫作的多面手，引古論今，所寫文史書話小品，可愛而耐讀。

葉靈鳳在序文中坦然承認霜崖即是他自己，其實，即使他不説，這已是很多人都知道的了，但戴文斯即黃蒙田，知道的人恐怕不多，順帶多提一句，黃茅也是他慣常

用的筆名之一。若望原名黃兆鈞，曾任《地平線》編輯，
不知還寫過些甚麼？

——二〇〇八年八月六日

《紅豆集》書影

紅　豆　集

霜　崖等著

香港新綠出版社出版

香港威靈頓街九號二樓

大千印刷公司承印

香港北角馬寶道六十四號

一九六二年三月版

H. K. $ 4.20

《紅豆集》版權頁

最後一本六人集

　　繼《新雨集》、《新綠集》和《紅豆集》之後，阮朗、葉林豐、夏果、黃蒙田、辛文芷和張千帆等，出版了六人合集最後的一種──《南星集》（香港上海書局，1962）。

　　《南星集》中，談藝術的小輯較多：張千帆的《山居散記》談文房四寶，談畫藝欣賞、園林設計，也談他訪書、購書的書話。黃蒙田的《讀畫錄》，談畫家與畫，談木版水印，談書籍與美術；最有趣的，是把達芬奇創作《最後的晚餐》經過，用小說的形式表達出來。夏果的《藝苑小擷》則多是畫展的評介。佔了半數篇幅以上的畫事文章，水平相當高，唯一要從「雞蛋裏挑骨頭」的是：如果能以圖配文，則更能滿足讀者的貪婪。

　　畫事以外，我最喜歡的，是葉林豐的《香港叢談》，收他有關香港的文章二十二篇，有談香港史實的、掌故名勝的；張保仔、林則徐、琦善、黃恩彤等均見於筆下。葉靈鳳有關香港的專書有《香港風物志》、《香江舊事》、《張保仔的傳說和真相》多種，本輯所收的是個精選集。辛文芷（羅孚）的《春城小集》是一組漫遊小品，寫他由北南下，經中州、黃河、長安、成都……等所見所聞，詩情畫意盡顯其中。阮朗的《欲傾東海洗乾坤》，則是以杜

甫作主角，紀念他誕生一千二百五十周年而寫的小說。

六人合集各有不同風格，可讀性高，可惜已成絕響！

——二〇一一年十月五日

《南星集》的書影

《南星集》的版權頁

南　星　集

張千帆等著

上海書局出版兼發行

香港德輔道中二七一號

THE SHANGHAI BOOK CO.

271, Des Voeux Rd. C., H. K.

大千印刷公司承印

香港北角馬寶道六十四號

一九六二年十二月版　　文/703　　P. 342　　27K

詩人的手製本

除了長篇敍事詩，詩是最袖珍的文體，發表時佔的面積最小，這給了詩人無限想像空間，誘出不同的點子，像把詩寫在紅葉上，印在名片上，印在書籤上，印在閱讀卡上……，連出詩刊或詩集也很創新，如今大家見到伊藥的這本《地㦖》（香港詩坊，2009）即是。

詩人伊藥即吳萱人，是本地成長的文化人。萱人少年時代已熱愛寫作，是一九六○年代文社潮的重要人物，從事文化工作超過四十年，曾任不少期刊編輯，一九九六年任市政局特聘作家，專研香港六七十年代文社運動，得《香港文社史集》和《香港六七十年代文社運動整理及研究》兩書近百萬言。萱人也愛寫詩，一九六七年已與友人合著詩集《綠原詩叢》，別出心裁，棄鉛印而採油印本。

今次這本《地㦖》更是大膽創新：乃活頁手寫本。

詩人於地震後訪汶川，覩大地狂㦖後的瘡痍，引發昔日北遊種種淌血往事的回憶，心情悲痛、沉重發而為詩，用原稿紙手寫〈關子嶺〉、〈濠鏡靜〉、〈黃山醉〉、〈白鷺洲〉……等，痛哭神州大地慘遭浩劫的《地㦖》十七首，並請得蔡炎培及羅琅寫序，用厚卡紙特製帖成冊每次十本。手製詩集，彌足珍貴，據云至今僅製二十

冊，我所得為編號八，何幸之有！

——二〇一〇年一月二十三日

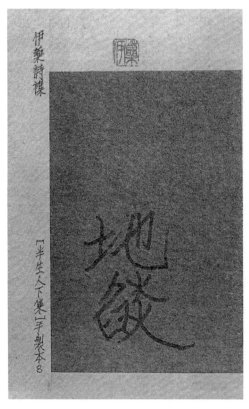

詩人的手製本《地毯》

今聖嘆的回想錄

一九七〇年代後期，有一間開在九龍高級住宅區又一村達之路上，叫「文化‧生活」的出版社，出過一批以名人掛帥的文學書，記憶中有曹禺、老舍等《北京的回憶》、《黃靄隨筆》、胡金銓的《老舍和他的作品》、今聖嘆的《新文學家回想錄》和董橋的《雙城雜筆》。

寫《新文學家回想錄》（香港文化‧生活出版社，1977）的今聖嘆，原名程綏楚，卻以字程靖宇名於香港文壇。他是成長於北平的湖南衡陽人，戰時畢業於西南聯大史學系，為陳衡哲及陳寅恪入室弟子，並甚得胡適器重，曾任教於天津南開大學，一九五〇年移居香港，以教學及寫作為業。胡適逝世後，曾編《胡適博士紀念集刊》（香港獨立論壇社，1962）單行本。

近十一萬字的《新文學家回想錄》，收談人物的雜文三十餘篇，所涉人物周作人、馮友蘭、趙元任、劉文典……等均為民國學術界名人，難得的是今聖嘆過去曾與他們交往過，資料翔實以外，他行文語帶輕鬆幽默，讀之趣味盎然，如〈趙元任函授習游泳〉、〈吳雨僧痴情毛彥文〉、〈廢名打坐兼打架〉、〈詩人最多「未亡人」〉、〈顧一樵博學多情〉……等，單看題目已知秘聞味甚濃，甚受歡迎！此外，〈記北京大學第一位女教授陳衡哲〉和

記胡適的〈不廢江河萬古流〉，更因體驗較深，下筆兼及師生情誼，推為本書首選，不可不讀！

——二〇一〇年五月二日

今聖嘆 著

新文學家回想錄

——儒林清話——

周作人　馮友蘭　辜鴻銘
趙元任　潘家洵　顧一樵
劉文典　冰　心　朱光潛
沈從文　李長之　陳衡哲
吳雨僧　梁實秋　徐志摩
　　　　曹　禺　曾昭掄
　　　　　　　　胡　適

《新文學家回想錄》書影

《新文學家回想錄》版權頁

現代中國文學叢書⑪

新文學家回想錄（儒林清話）　　今聖嘆 著

文化‧生活出版社出版

香港九龍又一村達之路三〇號

印刷者：志豪印刷公司

香港柴灣祥利街七號萬峰工業大廈十二樓A座

1977年9月（港）一版‧1977年9月（港）第一次印刷

寫「九一八」的小説

　　一九三一年九月十八日，日本軍在瀋陽揭起侵略中國東北暴行，有一對在哈爾濱成長的戀人作家蕭軍、蕭紅，埋首寫了兩本因「九一八」事變而促成的抗日小説《八月的鄉村》和《生死場》。他們不甘留在東北做亡國奴，輾轉經青島流亡到上海，得魯迅幫助，在一九三五年自費替他們出版了這兩本以「九一八」東北人民抗敵為題材的小説，並為它們寫序，自此兩蕭聲名鵲起，響譽文壇。

　　我一九七〇年代初研究蕭紅，以《生死場》為重點，順帶讀了《八月的鄉村》。當年沒有機會讀到《奴隸叢書》的原版，讀的都是香港的重印本。中流出版社版的《生死場》，保留了魯迅的原序，但藝文出版社的《八月的鄉村》則只有小説內文而剪掉了魯迅的序文。

　　當時在圖書館讀了這兩本書，喜歡得不得了，尤其《八月的鄉村》的封面。我愛死了那一團團樹影，雖然書店裏早已絕了版，決意要買到這本書，便抄下出版社的地址去碰碰運氣。幾經辛苦摸到中環荷里活道去，原來那只是個虛假的地址，這個藝文出版社的《八月的鄉村》，只是本漂亮的盜印本！

　　兩蕭以《八月的鄉村》和《生死場》成名，但都不是他們最成功的作品，蕭紅寫得最好的是長篇《呼蘭河傳》；

蕭軍的代表作是《第三代》，建國後改寫成厚厚上下兩冊
《過去的年代》。

——二〇一〇年十月二日

蕭紅的《生死場》

———————————

蕭軍的《八月的鄉村》

吳天的《懷祖國》

　　吳天（1912~1989）即是劇作家方君逸，他原名洪為濟，江蘇揚州人，一九三五年在日本加入東流社，參加戲劇活動並寫劇本。據賈植芳‧俞元桂的《中國現代文學總書目》（福州福建教育，1993）所載，吳天的創作有《滿庭芳》、《離恨天》、《無獨有偶》……等二十一種，卻只有小說《春歸何處》和散文《懷祖國》各一。

　　《懷祖國》（上海萬葉書店，1940）屬文藝新潮社的小叢書，僅一二二頁，內收〈在殖民地〉、〈懷祖國〉、〈賣「沙爹」的馬來人〉、〈熱之國〉……等散文十六篇，書前還有代序〈熱帶風〉，書後有代跋〈懷念〉，多是生活小品的抒情散文。

　　吳天一九三六年赴馬來亞組織並領導當地抗日救亡工作，住過一個時期，《懷祖國》中的文章大多寫於當地，他對馬來人的生活有深入的認識，寫來得心應手。

　　《懷祖國》比較少見，我藏的這冊，是複印本，雖然製作粗劣，總算保持了原來的面貌，還可以讀就是。

　　一九七〇年代，內地甚少書運來，外地的圖書館大舉到香港搜購原版舊書，某些書商見本地的愛書人無書可讀，便選出一些需求量大的好書，用小型柯式印刷機重印一百幾十本應急。有些比較冷門的，就用複印機按需求印十本

八本，我的《懷祖國》就是這類手工製作本，三十年來僅
見此冊。

——二〇一一年五月二十五日

吳天的《懷祖國》

———————————

吳天的《懷祖國》版權頁

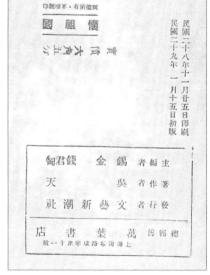

「斬件」重印本

一九六〇及七〇年代，「中國風」吹遍全球，香港因背靠中國，地理位置優越，世界各地圖書館的主事者，都喜歡來香港選購絕版舊書，以至供不應求，舊書一登龍門身價百倍。一些舊書業者見有利可圖，便重印舊書圖利。印量過千冊的，可交印刷廠重印，需求略少的，用坐枱「紙版」柯式機印一兩百本，較冷門的，就用複印機印三幾本應急。

這些複印本印好後，交專門的裝釘師傅疊齊、穿線、加厚卡紙及漆布製成精裝封面，再加熨金壓字，就成了非常精緻的珍本。旅加五年，我在多倫多圖書館就讀過不少這種外界罕見、書店缺售的書種。這種「複印本」一般是人客要多少，就影多少本的，像我們去燒臘店，要甚麼就「斬」甚麼，我稱之為「斬件本」。製作「斬件本」的書店，在賣完高價精裝本後，通常會把當日多印的幾冊備用本平裝推出益窮愛書人。

近日整理藏書，翻出來「斬件本」吳天的《懷祖國》（上海萬葉書店，1940）和梅藍的《里程碑》（上海萬葉書店，1941），都是錢君匋和錫金主編的文藝新潮社小叢書。吳天即是劇作家方君逸，他的劇本甚多，散文就只有《懷祖國》。梅藍不知是誰，只知是個滿腔熱血的年輕

人，《里程碑》也是他唯一的散文集，此書非常罕見，連
《中國現代文學總書目》也未收。

——二〇一一年五月二十五日

最紅說書人

　　盧瑋鑾主編的「舊夢須記」系列中，有一冊熊志琴編、經紀拉著的《經紀日記》，這是一九四○年代後期開始在《新生晚報》上連載多年而大受歡迎的本地通俗小說，自大公書局在一九五○年代初出過兩冊後，五十多年來絕跡香港書店，今次重編出版，使有志研究香港文學人士及讀者得益不少。

　　經紀拉原名高雄（1918~1981），同時也是三蘇、史得、許德、旦仃、石狗公、小生姓高……，是香港最紅的說書人，最受歡迎的暢銷作家，日產萬多言，首創「車衣寫稿法」：右手執筆狂寫之際，左手按着稿紙慢慢推前，此舉可使右手不必每寫一個字，即提起向下移動就位，快了很多。

　　如今大家見到的《香港二十年目睹怪現狀》（香港文藝書屋，1972）署名三蘇，也是他的暢銷書之一。此書內含八篇本地社會小說，有走私漏稅，請軍眷授英文的學店，借公司宿舍尋歡，綁兒子的票呃老婆錢，買頭獎馬票送給高官行賄……等太平山下的故事。而這些故事，都是生活香港幾十年市民見過的、聽過的，由三蘇用淺白、通俗的本地話寫出來，自然大受歡迎！

　　《香港二十年目睹怪現狀》　先刊於王敬羲的《純文

學》，結集後連印多版，我這本已是一九八二年的第六版，書後有劉紹銘〈經紀拉的世界〉和訪問，沙翁、白韻琴等的附錄，不能錯過！

——二〇一一年十月二十一日

《經紀日記》書影

文星叢刊287

著　者　　三　　　　蘇
出　版　者　　文　藝　書　屋
　　　　　　香港九龍漢口道38號5A
印　刷　者　　志　豪　印　刷　公　司
　　　　　　柴灣祥利街7號萬峯大廈12樓A座
每冊定價　　港　幣　十　　元
初　　版　　一九七二年八月
再　　版　　一九七三年三月
三　　版　　一九七三年十月
四　　版　　一九七五年六月
五　　版　　一九七八年四月
六　　版　　一九八二年九月

版權所有‧請勿翻印

《香港二十年目睹怪現狀》書影

《香港二十年目睹怪現狀》版權頁

通俗以外的三蘇

　　三蘇在香港寫作近四十年，日產萬言，算一算是超過千萬字，實在驚人。不過，不知何故單行本不多，據說有很多在報上的連載，至今還未出書，實在可惜。希望在熊志琴編的《經紀日記》後，有心人會把高雄的著作陸續出版，功德無量！

　　除了通俗小說，三蘇還寫些甚麼呢？

　　在他回答劉紹銘的訪問中，三蘇說過：「你寫通俗小說可以賣錢，寫文學作品卻只有餓死」的話。所以，他雖然愛周作人兄弟、沈從文、白先勇、余光中，卻從來不肯寫文學作品。他寫過很多類型的小說，連武俠小說也寫過一次。我手邊的資料顯示，他以筆名史得及許德寫過的三毫子小說即有《偷情》、《喜相逢》、《笑聲淚痕》、《賊美人》等。

　　三蘇最嚴肅的文字，就是如今大家見到的《給女兒的信》（高黃舜然編，1981），這是三蘇死後，他太太黃舜然收集他一九六九年起，在《幸福家庭》雜誌上專欄「給女兒的信」百多篇組成的。這些信件都是三蘇指導兩位女兒成長的教導，跟她們談做人做事的道理，充份顯露出三蘇作為慈父的另一面。

　　一九八〇年代中的某天，小思告訴我三蘇太太要搬家

了，帶我到她家去搬書。除了大量的文學書外，還有一套二十冊十六開精裝的英文版百科全書，可見三蘇在通俗以外還是很「博」的。

——二〇一一年十月二十二日

三蘇《給女兒的信》

———————

《給女兒的信》版權

給女兒的信

作　者：三　蘇（高雄）
出版者：高黃舜然
總發行：吳興記
　　　　香港租卑利街12號二樓
封面印刷：新昌印刷有限公司
　　　　香港英皇道655號五樓
內文印刷：建明印刷有限公司
　　　　香港英皇道651號二樓

1981年11月初版　　　開本：1/82
印數1——3,000冊　　字數：120,000字
定價：港幣十五元

版權所有・翻印必究

懷恩師「萍居」主人

　　恩師「萍居」主人丁平（1922~1999）自一九五〇年代抵港後，曾任教於官立文商、華僑書院、香港清華學院、廣大學院⋯⋯等大專院校，作育英才數十年；其著述《中國文學史》、《散文、小說寫作研究》、《現代小說寫作研究》、《中國現代文學作家論》等，均為與文學寫作有關的專著，很容易使人忽略他其實也是位現代詩人。

　　丁老師抗戰時期已在韶關及桂林等地追隨李金髮及胡風等前輩詩人學習創作，以筆名艾莎及沙莎發表新詩，在桂林出版了一萬三千行長詩單行本《在珠江的西岸線上》，及散文集《漓江曲》。

　　丁平老師在香港除了教學，最重要的文學貢獻是一九六二至六五年間，主編了二十六期《華僑文藝》（後改稱《文藝》）。這本純文學雜誌是本地首本大量引入台灣現代文學作品的月刊，編輯手法新穎，與馬來西亞出版、香港印刷、黃崖主編時期的《蕉風》，同是香港一九六〇年代兩種水平甚高、影響甚大的文學雜誌。

　　我一九七一年畢業於官立文商，插班入華僑書院修文學，受業恩師丁平門下。他語重心長的訓我：一個完整的文學家，除了創作還要有文學研究。在丁老師的指導下，花了近年時間，我終於以〈論蕭紅及其作品〉完成學業，

自此由純創作轉向文學研究及書話的寫作。

　　近得丁平詩集《萍之歌》(香港中國文學學會，2009)，收代表詩作數十首，尤其一九五五年在澳門青年書局出版過的近千行長詩《南陲線上》，也全篇收入，是他在本地出版的唯一結集，不容錯失！

——二○一四年十月二十一日

丁平詩集《萍之歌》

論蕭紅及其作品

許定銘

（一）從「生死場」到「呼蘭河傳」

1972年
8月1日
《文壇》

丁老師指導我寫蕭紅

蔡炎培的《中國時間》

　　蔡炎培的《中國時間》（澳門故事協會，1996）是本精緻的小詩集，三十二開本僅七十頁，全書收〈歲次乙亥〉、〈一九三五〉、〈白楊〉、〈石河子的一夜〉、〈一江風〉……等二十首詩，難得的是這二十首詩均得友人之助翻譯成英文，並由蔡浩泉分別每首插圖及設計封面，記憶中蔡浩泉插圖的書中，少有篇篇均插圖的，此書大可視為是兩蔡合作的藝術品；更難得的是本書一九九六年初版後，二〇一一年居然可以再版，新詩是小眾藝術品，香港的新詩集能再版，似乎並不多見。

　　在這二十首詩中，蔡炎培以醉眼審視中國人的風骨和歷史，從辛亥革命到抗戰，到過去幾十年發生在中國大地上的種種悲劇：國共內戰、文化大革命等，均融入詩中，是一本簡單的中國近代詩史，詩人以他淺白的文字，耐人尋味的字句和隱藏於句子中的典故和形象抒發其心中的鬱結……。

　　每次讀炎培的詩，我都記起那次他在藍田地鐵站蹲在欄邊等我的形象，啊，詩人，在你滿是網紋的腦海裏，還有多少未渲泄的苦惱？還有多少細胞要在酒後狂歌？還有多少不滿要用粗口放機關槍？在《中國時間》的大地上，

誰去翻歷史的賬？誰去品嘗那流不盡的民族的血？

是詩人你！

——二〇一五年十一月

蔡炎培《中國時間》封面　｜　蔡炎培《中國時間》封底

齊同的小說

　　上海良友圖書公司一九三〇年代所出的文學作品，大部分每版都印二千本，其中有幾種卻只印一千本的，流傳下來的甚少，難得一見，如葛琴的《總退卻》、齊同的《煉》。

　　齊同（1902~1950）是吉林人，原名高天行，還常用筆名高滔翻譯外國文學，譯過屠格涅夫的《貴族之家》。他畢生從事教育工作，一九三〇年代中開始寫小說，內容多與一二‧九運動有關，著有短篇小說集《文人國難曲》（上海文學出版社，1936）和《煉》，以長篇小說《新生代》受重視。

　　《煉》（上海良友，1937），三十二開本，二六五頁，內收〈十二‧九前後〉、〈平凡的悲劇〉、〈風波〉、〈巡禮〉、〈狂人〉、〈中秋〉和〈煉〉等七個短篇。

　　《新生代》是一九三九年九月，重慶生活書店初版的，標明「新生代第一部」。如今大家見到的，是一九四一年六月，上海文學出版社的第四版，三十二開本，四〇五頁，書前有〈新生代第一部「一二‧九」發刊小引〉，述說他的寫作目的。齊同說：

　　　　我想，我還是在寫歷史。

人間最值得記憶的，也只有歷史；它不但能告訴我們路是怎樣走出來的，也能給我們壯烈與迫害的教訓。假若我們沒有歷史，便不能進步。（頁1）

　　所以，三部《新生代》，齊同要寫的，就是現代的歷史。他企圖告訴我們的，是「從『一二·九』到『七·七』北方青年的思想變動」史，告訴我們那年代青年人的熱血故事。

　　這個階段雖然不過是短短的十九個月；但它的內容卻是博大，多變，而且淵深。像海潮一樣，像旋風一樣，像暴風雨之前的陰雲一樣，在這樣的瞬間，真會使你想到奇蹟了！（頁2）

　　可惜，如此偉大的《新生代》，齊同並未寫完，他只寫了第一及第二部，建國前的《新生代》，一般只有第一部，因第二部在戰亂時期遺失了，未有出版。一九五七年人民版的《新生代》雖收有第二部，也只是後來重寫的，並不是原來的那部！

　　　　　　　　　　　　　　　——二〇〇四年五月

齐同的《新生代》

———————

齐同的《炼》

林蔭的《調景嶺傳奇》

林蔭（1936~2011）的《調景嶺傳奇》是他花了好幾年時間搜集資料完成的極富香港地方色彩的長篇小說，全篇約三十四萬字，可惜因某些原因未能一次過出版，到面世時成了《日落調景嶺》（香港天地圖書，2007）和《硝煙歲月》（香港天地圖書，2009）兩本書。此兩書還傳奇地先出了下卷，然後再出上卷；為免讀者混淆，故《硝煙歲月》的封面還印了「日落調景嶺前傳」字樣。

「調景嶺」一九四九年後，是國民黨殘餘部隊留港的難民營，號稱「小台灣」，跟九龍城寨一樣，是個三不管的地方，在我們的少年時代，充滿神秘色彩。《調景嶺傳奇》寫的是主人翁高弘一生的傳奇，他年輕時在台灣入伍當兵，被送到大陸去當炮灰，戰敗後輾轉南竄到調景嶺掙扎求存的經過。

林蔭寫完了《九龍城寨風雲》（香港獲益，1996），全力搜尋資料寫「調景嶺」，曾多次到調景嶺去考察，其中一次還昏倒山頭幾乎丟命，十分驚險，可見《調景嶺傳奇》是用命拼回來的，這些都可以在兩書的〈楔子〉和〈跋〉中讀到，但此中還有一段小插曲是別人不知道的：

林蔭埋頭撰寫《調景嶺傳奇》之時，問我：香港曾有人寫過與調景嶺有關的小說嗎？我便借給他張一帆的《春

到調景嶺》（香港亞洲出版社，1954）。不久，林蔭把書還給我，並寫了封信，説：

書中人物在調景嶺上活動的場景極少，讀者無法窺探難民營的，難民們生活的景況。不算好作品。

抱歉我未讀張一帆的《春到調景嶺》，無法將它跟林蔭的《調景嶺傳奇》比較，有興趣的讀者不妨試試！

——二〇一九年一月

張一帆的《春到調景嶺》

林蔭的《調景嶺傳奇》兩書

《春到調景嶺》版權頁　　林蔭對《春到調景嶺》的看法

悼易牧

　　聞易牧（1945~2020）逝，黯然，少年朋友又少一人，羈魂說早一日還收到他的短訊，走得何其匆匆，唉！

　　易牧，原名易其焯，又名易德傳，早年在慈幼中學就讀，與蘆葦，卡門三人組激流社，以創作現代詩為主。一九六三年，我在《星島》發表詩作〈三月裏的記憶〉，易牧認為是佳作，聯絡我，說想邀請幾位當時寫得比較好的文友合組新社。於是我聯絡了羈魂和白勺，他邀請了龍人（陳玲玲），再加上激流兩友，七人組成了藍馬現代文學社，出版了合集《戮象》和《藍馬季》三期。易牧是藍馬的發起人，沒有他，就不會有藍馬現代文學社。

　　易牧寫詩較我早，讀中學時已愛艾青和台灣諸人詩作，某次他寫了首自覺滿意的創作，寄給台灣某著名詩人教授請教。教授沒給他覆信，未幾卻發表了一首與他底創作極接近的詩，易牧氣得七竅生煙，卻也無可奈何，人家是馳名全球的詩人教授哩！

　　激流三子在中學畢業後，受社會大洪流洗禮先後停止創作。卡門（李啓東）在八十年代辭世，蘆葦（勞志偉）是教師，任教於吉澳，教務忙，亦不再創作，好像九十年代亦息勞歸主。易牧是激流的主將，多年浮沉人海，工作極不穩定，終於擱筆，將希望寄託唯一的女兒身上。

悼念易牧翻舊照，找到一張附於〈川龍假期——人生長河的雪泥鴻爪之二〉（見《許定銘文集》）中的舊照，五個人排排坐在長椅上，左起，許定銘，我四弟許定基，蘆葦，卡門，易牧，後面四人如今均辭世，就只剩下我了，唉！

又發現易牧手稿兩頁，同一首詩寫了兩次，內容相同，不過，其中一首用了少見的筆名易枷洛。

——二〇二〇年四月一日

左起：許定銘、四弟、蘆葦、卡門、易牧

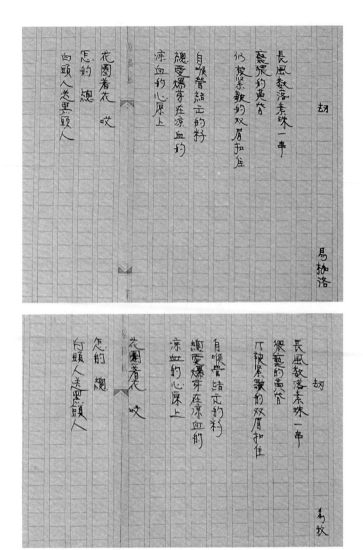

劫　　　　　　　　　　　　　易枷洛

長風数落素珠一串
裸裎的黃昏
仍被紧缬的双肩扣住
自喉管結定的籽
總愛爆芽在凉血的
凉血的心原上
花園着花 哎
怎的 總
向頭人送黑頭人

劫　　　　　　　　　　　　　易牧

長風数落素珠一串
裸裎的黃昏
仍被紧缬的双肩扣住
自喉管結定的籽
總愛爆芽在凉血的
凉血的心原上
花園着花 哎
怎的 總
向頭人送黑頭人

同一首詩寫了兩次，內容相同，不過，其
中一首用了少見的筆名易枷洛。

易牧手稿

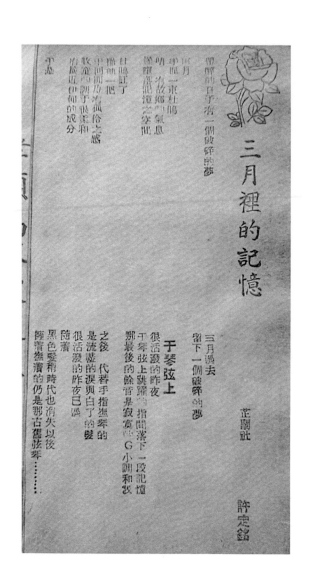

我在《星島》發表詩作〈三月裏的記憶〉

《靈魂大師》趙滋蕃

　　《半下流社會》（香港亞洲出版社，1953）令趙滋蕃（1924~1986）一舉成名，《重生島》（台北自由太平洋文化事業公司，1965）使他被逐出香港，送往台灣；印象中趙滋蕃是位小說家，頂多再加寫寫八千行長詩劇《旋風交響曲》（香港亞洲出版社，1955）的創作人。直至找到這本趙滋蕃的《靈魂大師》（台北李白出版社，1987），才知道他原來在這間出版社還出過《生活大師》、《風格大師》、《情趣大師》、《遊戲大師》、《現代大師》、《自由大師》和《創造大師》等一系列，以大師身分指導讀者享受人生的小品。

　　不禁產生了疑問：趙滋蕃還出過些甚麼著述呢？

　　找出他的著述目錄看看，原來只活了六十多歲的趙滋蕃，也出過三十多本書。除了小說創作以外，還寫過報告文學、科幻，各一冊評論集《文學與藝術》（台北三民書局，1970）和專著《文學原理》（台北東大圖書公司，1988），基本上還是搞創作的。

　　《靈魂大師》書分：詩歌大師、散文大師、小說大師和戲劇大師等四卷，收幾百至千餘字的小品七十餘篇，都是些與創作有關的經驗之談，對初學創作的年輕人應該幫助很大。

書中唯一的長文是洋洋數千言的代序〈新人文主義者的基本信念〉，作者認為：「近代科學及其高度發展之技術，將藝術斥在生活範圍之外，使近代人喪失理解人生，領略人生的機會；使特殊的抽象知識過分發展，而具體的鑒識趨於萎縮。」因此，他覺得：

　　　　欲救偏補弊，只有將藝術的鑒賞，美學的泳涵，重新加入實際生活。使人類從冷酷的物質桎梏中覺醒過來……藉以改變富有「張力」的生活情調，舒展心靈之疲勞厭倦感覺。（頁2）

你們同意嗎？

——二〇二一年八月

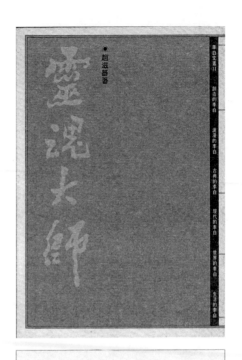

靈魂大師

⑪李白叢文

著　者・趙　　滋　蕃
藝術設計・黃　憲　鏞
封面及書背題字・史　棠　忱
發行人・張　修　文
出版者・李白出版社
登記證・行政院新聞局局版臺業字第三七〇二號
地　址・臺北市吳興街三九四巷二之三號四樓
電　話・七〇八一八一三
郵政劃撥・一〇八三〇三七—六李白出版社
印刷廠・嘉信印刷廠
地　址・臺北市內江街一一〇巷六號
總經銷・聯經出版事業公司
地　址・臺北市忠孝東路四段五六一號七樓
電　話・七六三一〇〇〇
版權所有・翻印必究
中華民國七十六年七月十五日初版

元100價定

《靈魂大師》書影

────────

《靈魂大師》版權頁

惡女同佢老豆

最近重抄的《香港小事》是一九八〇年代在《快報》應劉以鬯先生約寫，天天見報的專欄，內容是寫實的，是我的生活實錄，就像我的日記，那些剪貼簿子是幾十年來首次重揭，逝去的日子忽地重現，感慨良多！

日前重抄〈怎樣教〉，其中有一段是寫「惡女同佢老豆」的，先錄如下：

> 一個父親帶着個五六歲的女兒進書店去買書，父親用心地選書，女兒則把書店當作遊樂場的奔來跑去，後來發現了一套盒帶故事，就嚷着父親買。父親說是沒錄音機，不肯買。孩子卻突然放聲大叫大嚷，追着父親拳打腳踢，父親沒理他：孩子一屁股坐在地上，腳亂踢，口大吵。見父親沒反應，一跳起來，搶了那套盒帶，摔到地上一腳一腳踢壞了……。

如果沒記錯，文中那位父親姓楊，是位書癡，他差不多日日都到書店來，非常可憐的，都帶着那個寵壞了的女兒，不單常扭計，對她的父親是經常都拳打腳踢的，我稱之為「惡女」！

楊先生愛買舊書，尤其是舊雜誌和當時不到港發行的

內地地方性雜誌。那時候常有水貨客交來這種難得一見的東西，他貴貴都買，印象中他買過很多，總有十來個橙盒吧！

楊先生衣着普通，殘舊但整潔，不似有錢人，後來才知道他是在《華僑日報》上班的。還説可以介紹我寫稿，我便寫了兩篇旅遊稿〈十七哩車道——熱愛大自然人士渡假地〉和〈重返十九世紀——要塞堡古意盎然〉。稿件是交給梁楓（女的那位）的，交稿時他還介紹我認識甘豐穗。

但他始終沒告訴我他的工作，應該不是編輯，我估計是資料室的。

書店關門後，忽爾三十年，惡女早已成長，不會再拳打腳踢她的老父了，楊先生還好吧？

——二○二一年八月二十二日

〈十七哩車道
　　──熱愛大自然人士渡假地〉

〈重返十九世紀
　　──要塞堡古意盎然〉

248

蘇州之旅

寒山寺

　　那次我們參加的是蘇杭上海的五天團，大概行程緊迫，寒山寺之遊不是重點之地，記憶中遊人甚多，旅遊車一輛接着一輛，把停車的那個廻旋處擠得滿滿的，逗留時間約半小時左右，行色匆匆，看了甚麼，忘得一乾二淨。今次整理舊照，就只找出來這兩張。

　　不過就是一所廟宇罷了，當時不覺可惜，如今執照憶舊，張繼的〈楓橋夜泊〉那麼出名，寒山寺有沒有留下些甚麼史跡呢？倒是有點懊悔。於是找出詩來，輕吟一遍，當作補償。

楓橋夜泊　　　張繼

月落烏啼霜滿天
江楓漁火對愁眠
姑蘇城外寒山寺
夜半鐘聲到客船

蘇州得書記

　　那次我們在寒山寺逗留僅半小時，行色匆匆，看了甚麼，忘得一乾二淨，也沒感遺憾，因為我心有牽掛！

　　事緣我早前在「孔夫子舊書網」拍了一套舊書：湯雪華的《朦朧》、《劫難》和《轉變》。這是一九四〇年代上海女作家湯雪華（1915~1992）畢生結集的三本短篇小説集，得了這三本書，即是收齊了湯雪華的作品，意義重大。而當日出售這套書的原主説他是蘇州人，知道我會旅遊蘇州，希望親手交收，會一會我。

　　這位書主真有意思，那夜我們在街頭會面，原來他早已知道我是誰。見面是要親手贈我五本由陸文夫編的《蘇州雜誌》，此刊用五期連載了湯雪華口述、令狐遠整理的五萬多字《湯雪華自傳》，對我了解湯雪華很有幫助。

　　　　　　　　　　　　　　　　——二〇二一年九月

湯雪華一九四六年在上海
（轉載自《蘇州雜誌》）

寒山寺

———————

《蘇州雜誌》上的
《湯雪華自傳》

东吴文坛

汤雪华与孙子

本文照片由计天明提供

汤雪华自传之一

天涯孤女

令狐远 整理
汤雪华 口述

编者按：

  当年东吴系女作家之一汤雪华女士，不幸于1992年7月25日，在苏州医学院附属第二医院去世。她在安排了自己的后事之前，曾应本刊之约，口述生平，留下了录音。她希望由令狐远同志代施整理成文。现已整理完毕，本刊将从本期开始连载。

  汤雪华女士生于1915年7月7日，享年77岁。她曾在文学创作领域耕耘十载，晚年因脑萎缩引发多种疾病，使她重返文坛之想难以实现，她现在讲的这些话，是她在饱经忧患之后的肺腑之言。她从个人角度出发，旁涉社会、家庭，自有一些事情，限于时代，尚请读者给予谅解。

  汤雪华女士生前，还对整理者讲过一些生平细节，但因没有发现能在录音时复述，所以也就不补充了。此次发表的，完全是她录音中留下的话。当然，语言、词章、叙事的次序等，均有所修饰和整理。此外，小标题则由编者所加。这也算是告诉读者的。

第一章

老家与童年

① 浙江省嘉善县有个很大的小镇，名叫西塘镇。因为它是嘉善县的首镇，所以至今人称大西塘，这就是我的故乡。

41

千萬不可憑記憶當資料

今早貼文〈寫《第七連》的東平〉時，我突然在回應處寫了行字：

> 香港作家丘世文是丘東平的侄兒，那是他親口告訴我的。那時候我寫東平，他說：「你想知道多少，我都可以告訴你，視乎你寫得多深入。」

我跟丘世文沒交往過，是何時跟他談起丘東平的？我寫了篇甚麼有關丘東平的文章，令他覺得重要而給我補充資料？

一點也想不起來！

我向來都覺得自己記性很好，心有不甘，捧出一大疊剪貼簿，把最前的幾本都翻遍了，結果甚麼都找不到。人的記憶真不可靠，如果憑記憶當資料寫文章，死直！

終於在《醉書閑話》（香港三聯書店，1990）找到一篇〈關於東平的一些資料〉。該文發表於一九八〇年十一月十八日的《開卷》月刊，奇怪我沒有剪存。原來當年香港的報刊談到「東平」時，資料常互相引用，錯漏百出，我做了個小小考證，大概做得不錯，引起了丘世文的注意，專程到創作書社來找我，有意給我補充。

但，何以我沒有跟進下去？

一看文章的寫作日期是一九八〇年近年尾，立即明白。那時候創作書社所在的灣仔店租約到期，業主不肯續約，書店要關門了，捲蓆鋪回家，大病一場，幾乎丟命，哪有心思去跟進東平的史料？

匆匆四十年過去，當年的資料補充印證，應該已是褪色的史料，今天更豐富充實的都該有了，就讓這片小葉倚在河邊的小石上看流水潺潺吧！

——二〇二〇年九月

胡馬依北風

　　今晨出門散步時，是華氏五十度左右，閂了木柵，頂着北風穿過馬路直入木獨公園。不知何故忽地想起「胡馬依北風」，胡馬就是這樣依着北風走的嗎？讓北風刮着臉，讓北風捲起鬃毛，讓北風穿透全身，讓北風吹來故鄉的風物……，我緊緊的摟抱着外衣，唉，我是胡馬嗎？我是胡馬嗎？

　　「胡馬依北風」出自兩漢時佚名文人的〈行行重行行〉，原文：

> 行行重行行，與君生別離。
> 相去萬餘里，各在天一涯。
> 道路阻且長，會面安可知？
> 胡馬依北風，越鳥巢南枝。
> 相去日已遠，衣帶日已緩。
> 浮雲蔽白日，遊子不顧返。
> 思君令人老，歲月忽已晚。
> 棄捐勿復道，努力加餐飯。

　　此詩淺白，作者思鄉愁緒濃郁，尤其思念某君，情深化不開。父母早已不在，我倆連兒孫三代共九人均居於

此，存亂世而闔家平安，夫復何求？還有甚麼需要掂記的？是甚麼一直鬱結於心不去？是甚麼惹人愁思？或許就是那一點，就是那一點……。

我讀〈行行重行行〉是一九五七至五八年的小五時，應該是老師選教的課外讀物。老師姓鄧，忘其名，是位三十歲左右的年輕人，很用心教學，戴金絲眼鏡，外貌端正，可惜曾患天花，輪廓完美的臉上留下點點豆皮。

他教〈樑上有雙燕〉、〈慈烏失其母〉……等淺易的詩歌，我們還琅琅上口，唸得搖頭晃腦。可是，讀到〈行行重行行〉的思鄉念君，就無法領略。鄧老師吟哦之時眼泛淚光，而我們則是無意義的隨口跟。於是，有創作慾特強的人來了：……胡馬依北風，鄧雞食檸檬，食到滿臉豆皮窿……。

給老師改花名，似乎是學生的專利，但，何以會是「鄧雞」呢？事隔六十多年，鄧老師這匹胡馬是否已依北風回去了？還是像我一樣，孤獨地在木獨公園裏，讓北風狂刮……。

——二〇二一年四月

散步去看香港的歷史建築——
讀丁新豹的《香港歷史散步》

　　現時世界上很多大城市的市中心，多有「步行徑」為
旅客提供資料，好讓他們能按景點了解該市的歷史名勝；
不過，這些「步行徑」的資料有限，所涉的範圍也不廣，
要深入了解，還是得看相關的專書。

　　香港是國際大都會，每年的旅客以百萬計，「步行徑」
那麼膚淺的資料，當然不能滿足文化水平高的旅客。有關
專書，我推薦小思的《香港文學散步》和丁新豹的《香港
歷史散步》，前者以尋訪過去文化名人在本港逗留的足跡
為主，後者則以歷史遺留下來的建築物探討逝去的文化現
象。

　　香港過去是人跡罕至的小漁村，不過百年多些即發展
成亞洲舉足輕重的大都市，自有其獨特的地理環境和歷史
因素。在英國人管治的那些年代，無論政治、經濟、社會
及文化的發展，都集中在港島的中環和上環，這兩個老區
自開埠以來即是截然不同的世界：中環是滿目歐式建築的
金融中心，是英國人生活的「小倫敦」；上環則是中式店
鋪滿佈的商業中心，是華人聚居的「小廣州」，兩者間形
成了強烈的對比。

丁新豹的《香港歷史散步》就掌握了它們的文化歷史，以高等法院、總督府、梅夫人婦女會大樓、南北行公所、甘棠第……等十九座有歷史價值的古建築，分「中環：香港現代化伊始」和「上環：多元的華人社區」兩部，引領大家走進往昔的世界……。

——二〇〇八年六月

丁新豹《香港歷史散步》

融入文化的《旅途說書人》

「說書」盛行於宋朝，是一種民間藝術，說書人在舞台、茶館、市集、廟寺或街頭，憑個人的說話技巧，用日常口語來講述故事，吸引觀眾。現代則把「說書人」引伸為表演者、書評家……等，向大眾推銷某一項目的專業人士。

劉天賜推行「文化旅遊」，他的新作《旅途說書人》，是一本把文學、歷史、藝術融入旅遊的專著。他在本書中即以「說書人」身分，引領讀者追訪歐亞兩洲的俄羅斯、土耳其、羅馬尼亞、匈牙利、捷克、法國、柬埔寨、台灣、澳門、新疆、嵩山少林等地，了解它們的歷史、地理、人情、風俗、文化、藝術、習慣、小說、戲劇……，可以說是「深度」的旅遊書。書中最突出之處是文字以外圖片特多，這些圖片可不是我們在一般旅遊書中常見的風景名勝、街頭巷尾，而是與當地有關的名人與史實，極方便了解所介紹的地方，引起讀者的探索精神。

甚麼是「文化旅遊」呢？

劉天賜以為「旅遊文化之特點在於：輕輕鬆鬆的享受別的文化，生活習慣，而又實實在在啓發、啟動好奇探索之心，汲取知識、融匯知識，以至有所得着，偶有會意，則廢寢忘餐了」。他更強調文化旅遊必需要隨文化人出發，

才能「寓娛樂於旅遊，寓學習體會於旅遊」，享受一段悠閒優美的時光。

　　隨着社會的迅速發展，「文化旅遊」這種深度旅遊一定大受歡迎！

——二〇〇七年六月

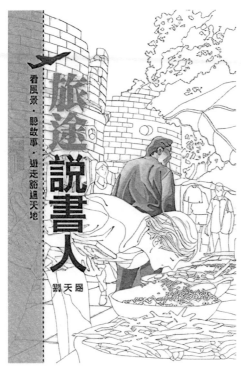

《旅途説書人》書影

舊日風景之重現——
讀陳雲的《新不如舊》

　　散文、小品和雜文的寫作，無非是寫作人向讀者傳情達意。美文傳遞的是詩意的情感，雜文傳送過來的，是理性的意念，而民俗學家給我們的，卻是對往日不斷的懷鄉情結。

　　陳雲是本港土生土長的民俗學者，他成長於新界北部的元朗十八鄉，童年和少年在元朗、錦田、上水、粉嶺的山野鄉間度過。在中文大學修讀中西比較文學及英國文學後，未能滿足這位躊躇滿志的年輕人，他在一九八〇年代末負笈德國，遠赴哥廷根大學遊學六年，獲文史學院哲學博士榮譽賦歸。

　　一九九〇年代中回歸本土，在各大專院校授課的陳雲，眼見與幾十年前迥異的香港社會，感慨萬分，遂於二〇〇二年起，在《信報》闢專欄「我私故我在」，每篇寫二千餘字，抒發對過去半世紀的鄉土思懷，其志在於「故土風物，一去不返。低首沉吟，無力回天，聊以文字，錄存舊蹟」。《新不如舊》收文五十篇，即此專欄之結集也。

　　陳雲撰文，故意不用流暢的語體文，而用本土過去在

報章上慣用的「文白夾雜」底「白話」；年過半百，以舊學為起點的讀者，多是在這種文體下成長的，讀之，倍覺親切。〈街簿〉、〈紙巾〉、〈蚊帳〉、〈罐頭〉、〈戲院〉、〈冷氣〉、〈颱風〉、〈工廠〉、〈書店〉、〈暖壺〉諸篇，尤具懷舊風味，一幅幅逝去的舊日風景，躍然眼前，令人唏噓！

《新不如舊》不僅僅是一部「集體回憶」，它還是渴望知道香港過去半世紀實況的社會學者、民俗學家所必備的資料！

——二〇〇七年六月

《新不如舊》書影

後記

　　我是公元二千年五十多歲時才開始學電腦的，真是「臨老學吹打」，簡直是老鼠拉龜，不知從何入手。

　　那時候我從加拿大回流，缺席五年的小學教育方式已有很大的進展，特別多了個「圖書館主任」的職位，主理校內的圖書館，正是我多年來夢想的工作，可以日夜擁書而眠了。然而，圖書館的工作必需懂圖書編排，這得要回學院去讀半年書，必定要用到電腦。此外，市面上的報刊，已大部分只接受電腦投稿；我兩種謀生的技能都要用到電腦，於是被逼上馬，硬着頭皮自行摸索。

　　那時候大多數人都用倉頡，我則因年事已高，手腳靈活不足，感到學倉頡得花一段長時間，於是走捷徑用「手寫板」。那是不用學的，一用即會，第一篇稿寫的是〈隱藏的繆思〉，洋洋灑灑的寫了八千字，給劉以鬯先生的《香港文學》。

　　不久，到出版社去看劉先生，他把稿件拿給我看時，我全身發熱，羞愧得垂下頭來，連聲抱歉，因為那篇稿子給劉先生改得滿江紅。出錯字的，詞語前後倒轉的，走錯了行位的……想得出的錯誤都有，可幸劉先生細心地找出來，一一替我改正，花了他不少時間。

　　自後我每次寫稿都非常小心，完了稿會再三修改、閱

讀，錯字才漸減少。後來嫌手寫板慢，改用「口述」的，雖然我的廣東話語音很正，電腦出錯還是少不免，最大的敗筆在於同音字。在《爬格子年代雜碎》的後記中有一句：

如果這本紀念集能引起你的興趣，耐心的讀完，謝謝！

可是此中的「耐心」卻出了同音詞「奈心」而沒發現，給蔡炎培來信幽了我一默。

經過兩次失手，事後我更小心了，寫得更多。

我是個埋頭苦幹的「過河卒」，這些年來只知死命向前爬，從不回顧。直到最近兩年，疫情中受困，才有空找出多年來放於抽屜底的幾條「手指」整理舊作，發現當年埋首苦練「手寫板」之時，寫了不少文章，一直未曾發表，或發表後還未曾入集的，就收錄於此，讓它們在《無盡的書事》中面世！

——二〇二二年三月十七日

醉書話 07

無盡的書事

作　　者：許定銘
策劃編輯：黎漢傑
責任編輯：Rita Lin
法律顧問：陳煦堂 律師

出　　版：初文出版社有限公司
　　　　　電郵：manuscriptpublish@gmail.com

印　　刷：柯式印刷有限公司
　　　　　香港北角屈臣道4-6號海景大廈B座605室
　　　　　電話 (852) 2565-7887 傳真 (852) 2565-7838

發　　行：香港聯合書刊物流有限公司
　　　　　香港新界大埔汀麗路36 號
　　　　　中華商務印刷大廈3 字樓
　　　　　電話 (852) 2150-2100 傳真 (852) 2407-3062

臺灣總經銷：貿騰發賣股份有限公司
　　　　　地址：新北市中和區中正路880號14樓
　　　　　電話：886-2-82275988
　　　　　傳真：886-2-82275989
　　　　　網址：www.namode.com

新加坡總經銷：新文潮出版社私人有限公司
　　　　　地址：71 Geylang Lorong 23, WPS618 (Level 6), Singapore 388386
　　　　　電話：（+65）8896 1946 電郵：contact@trendlitstore.com

版　　次：2022年7月初版
國際書號：978-988-76253-6-0
定　　價：港幣98元 新臺幣300元

Published and printed in Hong Kong
香港印刷及出版